KB062121

나는 하늘에 어떤 구름이 있는지 몰라

시작시인선 0446 나는 하늘에 어떤 구름이 있는지 몰라

1판 1쇄 펴낸날 2022년 10월 28일
지은이 장주희
펴낸이 이재무
기획위원 김춘식, 유성호, 이형권, 임지연, 홍용희
책임편집 박찬세
편집디자인 민성돈
펴낸곳 (주)천년의시작
등록번호 제301-2012-033호
등록일자 2006년 1월 10일
주소 (03132) 서울시 종로구 삼일대로32길 36 운현신화타워 502호
전화 02-723-8668
팩스 02-723-8630
블로그 blog.naver.com/poemsijak
이메일 poemsijak@hanmail.net

ⓒ장주희, 2022, printed in Seoul, Korea

ISBN 978-89-6021-674-7 04810
      978-89-6021-069-1 04810(세트)

값 10,000원

나는 하늘에 어떤 구름이 있는지 몰라

장주희

천년의시작

시인의 말

꿈을 꿨다
파우스트 꿈을 꾼 것이다
시인이 되라는 계시로 알아듣고
시를 쓰게 되었다

아무리 해도 그 꿈은 계속 될 것 같다

2022년 10월
장주희

차 례

시인의 말

제1부 모르는 것은 모양이 바뀌고

포스트잇

벽에 다시 붙어 있기를 꿈꾼다 그가 꿈꾸는 벽은 빛이 들어오고 오늘 밤에 용서를 하고 내일 밤에 다시 용서를 하고 모레 밤에도 글피 밤에도 다시 용서를 하는 것이다 내 메모에는 아무것도 없는 날이 없고 계속 꿈을 꾸고 있고 오늘 용서가 된 건지 안 된 건지 모른다 그가 모르는 벽은 얼굴이 작고 소리가 쓸쓸하게 낮아지며 빠르게 달아나는 작은 벌레를 죽이고 시계도 없다 다시 꿈을 꾸는 당신은 아름다운 당신의 해가 나고 다시 용서할 수 있다는 약속이 깨어지고 있다 무너지는 벽에는 수많은 눈동자가 그려져 있다 벽이 벽 안으로 들어가고 있다 그가 처음 캄캄한 벽을 바꾸고 있다 벽의 좁은 틈새를 통해 뜨거운 햇빛이 조용히 들어오고 있다 당신은 벽 위에 있는 무엇인가를 떼어 내고 있다 이 많은 것을 어떻게 떼어 낼까 당신은 너무 자주 벽에 대해 생각한다 햇빛의 개수로 벽의 개수를 기억한다 당신은 벽에서 조금 떨어져 당신을 깊이 이해한다 벽은 꽤 튼튼해 보이지만 끝끝내 당신을 모를 수도 있다 그러나 쿵쿵거리는 소리에 한쪽의 벽에서 날개가 발견되고 깊고 가느다란 이야기가 생겨난다 구겨진 종이가 다시 시작하는 것처럼 펴지기도 한다

직립의 시간

누군가 의자를 내놓았다
아파트 마당 햇살 아래 나무 의자가 있다
아파트 경비원이 그것을 처음 보았다
재활용 안 돼요 폐기물 스티커를 붙여 주세요
의자 등받이에는 하얗게 얼어붙은 문장이 붙어 있다
세 개의 다리는 멀쩡했다
버린 사람은 부러진 다리만 보았다
태풍이 온다는 예보豫報는 예정된 일
의자는 차분히 수거용 전문 트럭을 기다리는지
주인을 기다리는지 알 수 없다
한 마리의 개가 수직의 의자 옆에서 몸을 구부린다
먹이를 찾는 것처럼
개는 푹신한 방석을 빼내어 물고 있다
태풍이 올 때마다 수거용 전문 트럭은 도착했다 한다
의자는 그을린 다리로 청록빛 어둠을 견디고 있다
태풍이 나타날 때 경비원은 하얀 비닐로 의자의 다리를
꼭꼭 싸맨다
뚝뚝 넘어질 것을 알면서도 부러진 다리를 끝내 버리지
못한다
누군가 의자 위에 노란 폐기물 스티커를 붙이자

한 개의 다리가 자라기를 기다리는 나무처럼
경비실 안에는 기울어진 의자가 있다

코끼리 발자국

엘리베이터 앞에는 붉은 문장 하나가 적혀 있어요
문이 열리면 승강기 안의 바닥을 확인한 후 탑승하시기
바랍니다

그 안에 바닥은 없고 바닥은 있습니다
나는 열릴 듯 열리지 않는 이 붉은 문장 속에서
어제보다 조금 올라갈 수 있다는 안도를 생각합니다

코끼리가 나와 함께 걸어 나갈 때

코끼리를 엘리베이터에 싣는다면 코끼리로 봐야 하는지
엘리베이터로 봐야 하는지 의견이 분분합니다

나는 코끼리를 두고 엘리베이터를 잠시 잊고 천천히 계
단을 오릅니다

쿵쿵 찍히는 발자국
의문에 대한 낯빛이 사라지겠죠

삑 경고음이 울리는 엘리베이터 안

>

차곡차곡 코끼리를 넣자 문이 제 발로 걸어 나옵니다
우리는 옆 사람의 냄새를 맡고 서로의 눈을 피합니다

어둠은 길고 어깨는 넓습니다

더는 코끼리가 아프리카

기대면 추락의 위험이 있습니다
회색의 엘리베이터 문이 닫히면서
코끼리는 밤을 서성이듯 자신의 육중한 몸을 거꾸로 벌
려 넣습니다

덜컹 흔들리다가 떨어지는 발자국들
그곳에 없는 발자국이 나타납니다

얼굴이 나를 본다

새벽 터미널
멈춰 서 있던 버스가 굴러간다

차창에 비친 얼굴
다 어둡다고
다 흐른다고

고통은 선물이다

차창 밖이 환해지는데도
커튼이 묶여 있다

새장에 아주 오래 갇힌
나는 새장 문을 열었다
새를 보게 될 순간

고속버스 기사는 목적지까지 말이 없고
말을 걸 수가 없다

차창에 비친 얼굴

선물은 미래에도 있을 것 같다

휴게소에서 잠시 서겠습니다
늦어 본 적 없어도 알 수 있다

정면에서 보면 얼굴이 아닐 수도 있겠으나
실내등이 들어오자
하나 둘 둘 셋 셋 넷

뭉개졌다 살아난다
저 얼굴이 달아오른다

홍수

둑이 터져 물이 들어오고 있다

장마철에 둑을 점검하는 것을 잊어버리면 저기 있는 물이
여기로 와요
나는 얇고 낮은 물처럼 멈추지 않고 자꾸 흘러가고

엄마는 나에게 내 몸보다 더 큰 옷을 입혔다
젖은 옷은 풍선처럼 부풀어 오르고 내 두 팔은 보이지 않고
울음은 물속에서 점점 차올랐다 피하려던 건 아니었어요
장마철 폭우가 내린다

흘러가고 흐르고

물 밖에서 들리는 다른 소리가 물속에서 왜 같은 소리로
있는 걸까
자꾸 고개를 밖으로 빼면 어떤 것의 소리가 귀 안으로 들
어오려 한다

흔들리는 빛이다

>
이쪽과 저쪽의 다른 물이 섞이고 있고
마을에는 개가 물 위에 머리만 내밀고 떠내려가고
발은 물속에서 노를 젓듯이 가까스로 움직인다

예상치 못한 폭우에 나뭇잎들은 소리를 내고
바람이 불고 가로수 나뭇가지가 뽑히고 물에 빠진 사람
은 떠내려가요

물살이 빠른 곳에는
집들의 양철 문이 커다란 배처럼 사람들을 실어 날랐다
계속해서 양철 문 위로 올라오는 사람들
물 밖에서 무리 지어 소리치는 사람들
조금씩 어두워 가라앉는지도 모르고

물은 우리 곁에서 계속해서 흘렀다
모든 사람은 평등하니까 윗물 아랫물이 없어야 하니까
아랫물 윗물이 없어야 하니까
물이 흘러넘치는 일은 여기에 없어야 한다고 생각한다

거대한 물은 빠르게 불어났다

불어난 물은 끝없이 세계를 적셔 댔고
그 길로 돌아오지 않은 사람들이 있다
슬레이트 지붕 위로 계속 계속 쏟아지는 빗물이 있다

아비뇽의 얼굴들

너와 나의 겹쳐진 부분은 색이 짙어

색색의 무늬를 찍고
검정 보라 파랑 초록 빨강
포개진 부분만 원으로 표시한다면

얼굴은 몸에서 가장 높은 부분에 있지
내려다본다면

어떤 표정일까

웃는 얼굴과 무표정한 얼굴을 겹쳐 보는 실험을 하는 것

너는 표정이 없구나

누군가 나를 힐끔거린다
의식하지 마

속에서 올라오는 이상한 소리
냄비 안 물은 금방 끓어오른다

>
물의 고도성

높은 물은 아래로 흐르고
아래로 흐르는 물은
아래로 흐르고
아래로 아래로

끝없이 흘러가다 흘러간다 흐른다
두 살 차이 여자아이들이 까치발을 하며 키를 잰다
세계는 아이가 바라보는 대로
검정 흰 빨강 파랑 초록
끝없이 물어본다

재미있는 웃음이 당도한다
사과가 빨간색이라구요?

그건 보는 것이 아니라
머리로 알고 있는 색이죠

시련…… 시련…… 시련……

\>

시작할까

언제 끝이 날까

물이 될까

나는 가문비나무 아래에서 빛에 대해

빛이 있는 세계에 대해

변화하는 색깔에 대해

동그라미와 동그라미

동그라미와 세모

세모와 네모

이제 더는 그릴 수 없다고

문을 닫으려는 사람의 표정은 무표정한 얼굴

그래도

해 봐 계속해서 말할 수 있는 사람에게 문을 열어 주었다

가문비나무에서 초록 잎이 나고 자라고

고통의 얼굴은 멀리서도 보인다

스물두 살이 길어질 거라는 거

나는 나에게 가장 긴 터널이었다
지루하지 않니

가까운 것과 먼 것
정면과 옆면
앞면과 뒷면
그런 말을 썼고
번지는 것들은 포개지고

깊이

깊이가 따로 있습니다

삼각자를 주고 싶어

높이는 질량으로 이루어져 있다

여러 개의 눈들이

녹고 녹는 봉우리처럼

해발 몇 미터

어버이날

어린 새가 무덤 위에서 노는 걸 보았다
어디서 날아온 새인지 모르는 새가
무덤 위에서 노는 걸 보았다

무성히 자란 나무들이 줄기를 길게 뻗고 팔을 흔들고
나는 새와 나란히 풀에 앉았다

빠르게 기어가는 벌레들이 흙에 작은 구멍을 낼 때
봉분의 한쪽 모서리 흙이 떨어지고
잘린 날개가 있고 끊긴 마디가 있고
바람은 깨고 싶지 않는 약속들로 불고 있다

지금은 새와 나만 남았다

총총 걷는 새를 가만히 보다가 나도 모르게 셔터를 누른다
새는 부리로 날개를 긁으며 몸을 동그랗게 만다

그것을 엄마의 무덤 앞에 남겨 두었다

비록 지난날이지만 엄마와 싸우던 날들이

전화를 걸지 못한 밤이 지나간다

바람은 고요 속에서 점점 불어와 사방에 퍼져 있고
절을 하고 일어서면 무릎 아래 납작하게 버틴 풀들이 반
짝인다

엄마는 돌아가시고 나는 살아 있어

몸의 깊은 곳에서 들려오는 소리를 듣는다
꿈속에서도 엄마는 나를 보고 웃는다
햇살은 감고 있던 붉은 외투를 걸어 두었다

내일 일은 모른다는 말

오늘의 신神이 있다

윗니가 흔들리는 꿈을 꿨어요
이불은 불안을 감지해요 잘 살펴보지 않으면 윗니가 빠
질 기세였어요
가까운 사람이 죽는 꿈이라는데 먼 곳에 있는 사람에게
전화를 걸어요

이런 꿈은 회오리바람이 불어요 원래 너무 가까이에 있는
건 보이지 않아요 어둠 속에 있는 나는 신에게 보호해 줄 색
을 남겨 줄 것을 원해요 수화기에다 대고 이름을 불러 봐요
이름을 부르면 울음을 멈추고 당신이 돌아봐요

내 앞에 당신은 조금 웃어요 내일이면 당신이 사라질 수
있음을 나는 모르고 있어요 일어나지도 않은 일을 생각하는
사람에게 웃음은 감지되지 않죠 바람만 읽히죠 꿈은 매일
꿔도 다르게 읽혀요 바람이 불기 시작하면 슬슬 밖으로 나
가요 허기진 날 천천히 걷는 사람은 없을 테니까

나는 달리기 시작해요 당신도 달리기 시작해요

>

지하철 안으로 쑥 내민 얼굴들에게 떠밀려 깊이 들어오면 좁은 보폭의 발들이 한곳으로 지독하게 향하고 있어요 사람들 뒤로 상갓집 냄새가 따라 들어와요 잠은 죽음처럼 쏟아져 내려요 어린 내가 혼나던 날 목청껏 울다가 잠이 들어요 누군가 와서 깨워 주기를 기다렸는데 사라진 문고리를 힘껏 돌려요

꿈속에서는 혼자서도 날아가요

좋아하는 사람들이 식탁에서 밥을 먹어요 숟가락 부딪히는 소리가 구슬처럼 벽을 타고 들어와요 소리가 부딪힐 때마다 허공에서 미묘한 바람이 바닥에 내려앉아요 이름을 부르면 당신은 흔들리면서 뒤돌아봐요

오늘 나는 처음으로 빈방의 결핍을 보아요 가장 밝은 빛으로 커튼을 바꾸어요 아무 날이 아니어도 골목에서 뛰어가는 사람들이 쏟아져 나와요 더 아무 날도 아닌 내일이 와요 지금 불쑥 튀어나오는 당신이 있어요

고백
—딸에게

너를 낳고 어머니한테 미안하더라
그게 그렇게 미안하더라
내가 막 잘못한 것 같고 밥을 먹는 일도 미안하더라

나의 탄생에 대해 엄마는 말했다

어쩌다 이 사실을 알고 난 후
왜 그랬어요
엄마가 나를 낳느라 얼마나 고생하셨는데
뭐든 잘 드셔야지요라고 말해야 했는데

그것은
왠지 나도 모르게
막 내가 잘못한 것 같고 밥을 먹는 일도 미안했다

딸이라서 알아야 했다

나는 나무 위 새 둥지에서 다른 알들 사이에서
그만 미끄러져 아래로 떨어진
깨진 알처럼

>
엄마의 말을 잘 듣지 않았다

구멍에 빠진 흔적은 없지만
나는 물이 차서 구멍 속에서 빙빙 도는 구슬 같았다

구슬은 배처럼 둥둥 떠 있는
(그렇게 그 구멍은 나에게는 너무나 컸다)

물은 내가 구멍 안으로 빠지지 않도록 매일같이 흐르고
있었다는 것을
　오늘에야 비로소 알게 됐다

물은 위에서 아래로 흘러 계속해서 흘러
엄마와 나 사이에서 흐르고 넘쳐
흘러넘쳐 흐르고 있다

　저 깜깜한 밤의 한강 위 다리난간에는 불빛이 하나씩 반
짝거리고 있다
　물에 어른거리는 다리 기둥 위에서 달빛이 반사되는 말
이 계시처럼 다가오고

>

    나는 엄마에게로 뛰어가서 심장의 말을 하지 못하는 나를 미워했다

먼 곳에 있는 당신

아득한 하늘에 물이 있었다

토성 고리의 신비는 벗겨졌고 놀라운 발견을 생각하는데 우리의 고리가 궁금해집니다 인간의 고리는 예측할 수 없고 먼 곳의 변화는 감지되지 않죠 얼어붙은 물이 고리를 만든다는데 그것은 어쩌면 자연스러운 탄생일지도 모르죠 밝혀진 토성의 이야기 속으로 잠입하면 오늘의 비밀이 풀립니다

나는 왜 혼자 못 되면서 당신이 되려고 했을까요? 토성의 고리는 현재 잘 있습니까 먼 곳으로 안부를 보냅니다

고리는 내부 열에너지에 의해서 만들어졌다는 이론이 유력합니다 사람과 사람이 서로에게 왜 고리가 되는지 조금 이해가 됩니다

그렇다면 나는 이 집을 빠져나갈 수 있을까요

문을 열었을 때 파도가 칩니다 둥근 테이블에 앉은 사람들 사이에서 웃음소리가 마구마구 쏟아질 때 파도는 스스로 칩니다 웃음소리는 기차처럼 달립니다 물이 쏟아집니다

>

우리는 의자를 바짝 더 당겨 앉습니다 구겨진 주머니가
옷 속에서 펴집니다 무릎이 가까워지면서 허리가 유연해집
니다 나는 등에 날개가 달린 듯 가벼워집니다

우리는 등잔 아래서 서로의 눈을 마주치면서 오래된 자
신의 고리를 털어놓습니다 무수한 이야깃거리가 하나의 별
들로 빛납니다 우리는 서로의 그늘을 이해합니다 여기의 고
리는 먼 과거에 대한 새로운 통찰을 불러옵니다 점점 가까
워지는 별과 우리의 관계가 시작됩니다 아직 태어나지 않은
별은 스스로 내부의 열을 만들고 있는 중이라고 부릅니다

지금 당신은 혼자 밤새 돌고 있습니까 돌아가고 있습니까
날마다 조금씩 자라나는 그늘처럼
당신의 맑은 두 눈 속은 하얀 물방울의 기류를 형성하고

보이지 않던 미래가 당도한다는 이야기는 새로운 이야
기로 바뀝니다
오늘의 나는 당신이 있는 하늘 아래에서 당신이 남겨 준
이야기로 밤하늘에 불을 놓습니다

>

   별똥별에 하얀 유성펜으로 밑줄을 긋는 순간 아주 먼 곳에 있는 당신이 가까이 왔습니다

한 번은 이상한 내가 되고

영국 런던의 날씨는 안개가 끼고 비가 잦았다

랩을 자를 때 언니는 혀를 어금니 이빨 사이에 끼웠다 혀는 밖으로 나오지 못해 안에서만 있다 언니의 그런 행동은 깨끗이 자를 거라고 끊어 낼 거라는 어떤 의지 같은 것으로 보였다 그 우스꽝스러운 모습을 보고 우리는 자주 웃었고 언니는 내게 너는 그런 적 없니! 라고 얘기했고 우리는 자신도 모르는 습관에 대해 얘기했다 그렇게 습관은 자신도 모르게 우리를 다른 곳으로 가게 했다 오오 너는 그런 적 없니! 어릴 때 제삿날 장을 보러 가는 엄마를 따라가던 날 우연히 봤는데 크고 튼튼한 흰 닭을 쇠로 된 닭장에서 꺼내 목을 따는 거칠고 재빠른 손목이 무섭기도 한 찰나 몸이 사라지고 붉은 피가 철철 흐르는 목만 반쯤 붙어 덜렁거렸다 닭은 펄펄 끓는 큰 통에서 빠져나오려고 파닥거리고 있고 핏빛이 바닥에 흥건히 흐르는데 그날 나의 목도 나란히 잘라졌는데 바닥에 뽑힌 털들이 흩어져 있고 피는 흐르면서 번지다가 번지다가 가득 쓰러진 슬픔이 되어 언니를 자꾸 불렀다 그 어두운 소리에 막 놀라 닭장 안에 남은 깨어난 닭들이 날개를 퍼덕거리며 가늘고 긴 목을 몸 안으로 자꾸 밀어 넣으려 했다 그때 누군가가 다시 가게 문을 열고 들어왔다 무엇이 잠시 내 눈앞에서 번쩍 지나갔는데 그리고 흰 닭

은 영영 보이지 않았다

　나는 그날 오후 알 수 없는 것들에 빠져들어 이상한 사람
이 된 것 같았다

우산의 시대

열차 안에서 모르는 사람이 긴 우산을 들고 있지
닿을락 말락
흔들릴 때마다 긴 우산은 접은 내 무릎을 콕콕 찌르지
두 눈을 감고 팔짱을 낀 채 그는 근엄한 자세로 서 있지

아무리 다리를 오므려도 긴 우산은 툭툭 나를 건드리지
여보세요. 내 말 들리나요
우산 좀 치워 주세요라고 말을 하고 싶은데

나도 모르게 두 눈을 감고 잠들었었지
왜 그랬을까

어느 날 나는 짧은 우산을 샀지
이것은 튼튼한가요
가장 간단한 방식으로 무늬를 접고
아무 걱정 없는 얼굴을 잊었다고 착각하면서

다시 우산을 펼칠 때 공중에선 바람이 불었었지
　그리고 나는 우산을 바꿀 용기가 없어 그럴듯하게 벽에
걸어 두었지

>

들으려고 한 것은 아닌데 들을 때마다 귓속에서 물이 출
렁이고
노란 우산이 중얼거리고 있었는데 비가 내렸지
누군가 초록의 잎이 그려진 우산을 사지

우산을 펼치는 날은 깨어나기 위해 있는 거야
구름을 안고 걸어가는 사람들
걸을 때마다 거리에서 도망가는 고양이를 보고 있지
마음은 모서리가 깎여 가는 모양을 가지고 있다고 했고

그것은 사람의 얼굴이었다가 해변의 파라솔이었다가 가
벼운 웃음소리였다가
너무 많은 마음들이 창가에 앉아 있다

아직은 잎이 되지 못한 빗방울의 이야기
구름은 천천히 흘러가기 시작하지
내가 모르는 나의 짧은 우산은 접힌 자국 사이로 햇살을
끌어안고 있지

도시의 모든 빌딩에선
일제히 우산을 펼쳐 말렸지

하나의 문장

　책을 펼쳤을 때 어제 써 놓은 글은 달라 보였다 나는 문장을 고칠 수 있다는 것을 알고 계속 문장을 보고 있었는데 우리의 눈은 달라져 보인 것에 금방 익숙해져 있어서 무엇이 잘못되었는지 알지 못했다 문장이 좋다 나쁘다 의견이 분분할 때마다 문장에서는 가장 어두운 부분이 만들어졌다

　차이의 이야기는 모두를 고통스럽게 한다
　우리는 함께 있을 때 거의 아무것도 보지 못했다

　이제 아무것도 볼 수 없다고
　고백하는 사람들에게

　어떤 색을 볼 때
　그것이 다른 색의 영향으로 인하여 실제와는 다른 색으로 보이는 경향에 대하여
　우리의 눈은 보이는 것을 본다고 했다

　나는 문장의 연결 접속어처럼 세계를 만드는 일을 생각하고 그것을 생각하고 어제 써 놓은 글과 오늘 쓴 글을 비교해 본다 문장의 가장 어두운 부분의 글자를 가장 밝은 글자

로 바꾸어 놓고 나는 잊어버린 것을 기억한다고 그런 말을
했고 그렇지만 밝지 않다고 했다

　밝은 것을 갖는 것
　밝은 것을 기억하는 것
　밝은 것을 보는 것

　한참이 지난 후에야
　나의 책상 위에 오래된 알전구를 갈아 끼워야 한다는 생
각을 하게 되었다
　여러 날을 잠이 오지 않는 밤
　뒤척이다
　알전구는 저 혼자 희미해지고 말았다
　왜 우리는 서로를 모르게 되었을까

　우리의 시각은 이상하지
　잘 봐야 하는 것은 잘못 보고
　죽어 가는 것을 잘도 본다

　결국에는 문장이 이렇게 죽고 있습니다 깜깜한 어둠 속에

서 걸어 나오면서 긴 호흡을 뱉을 것만 같은
　　이렇게 고백은 처음인 것만 같다

　　나는 잊지 않기 위해 끝없이 눈으로 본 것들을 메모장
에 적는다
　　끝없이 닫혔다 열리는 세계

　　참지 말아야 해
　　나는 거꾸로 읽는다

　　누군가 나의 시를 읽어 준다면 제목은 그로부터 계속되는
날들이 사라지고 있었어요
　　라고 쓸 것이다
　　우리에게만 다른 세계가 당도했을 것이다
　　세계는 이렇게 깊고 조용하고 환하고 어두운 사람이
　　살았다는 게 이상했다

　　그 안에 슬프고 잊히지 않는 장면들이 나란히 걸어간다

나는 하늘에 어떤 구름이 있는지 몰라

어느 한낮 달리던 나의 차는 도로 위에서 멈춰 섰다 빨간 신호등 아래 다른 차들은 줄지어 서 있었고 이러한 풍경은 늘 새로울 것이 없는 반복일 뿐이어서 문득 내가 여기서 멈춰 있는 것이 이상하게 느껴졌다 나는 누구지 여기는 어디지 이제부터 나는 고요한 생각들을 꺼내 펼쳐 봐야 할 거야 차들, 차들, 저 차들 좀 봐 어디서 온 건지 모르지만 이 자리에 모여 있다는 거 그리고 결국에는 다 흩어져 가 버린다는 거 라디오의 볼륨을 올려 봐 너는 없고 차는 서 있고 그때 늘 보던 구름인데 난생처음인 듯 바라다보았다 저 저 구름은 어디서 온 건지 저곳에 모여 있다는 거 하얗게 번져 있는 뭉게구름은 계속해서 하늘에서 모양이 바뀌고 있고 나는 미세한 흐름을 감지하려는 듯 구름 속으로 계속 계속 빠져들어가고 구름 저 너머 하늘 지구 밖의 세상 나는 가볍게 저 구름 속을 어떻게 통과해야 하는지 몰랐다

어느 시인의 뭉게구름이 기억나니
흘러간다 흘러간다 계속 계속해서 주문을 걸었는데
구름에서 눈을 떼지 않았는데

내 차는 멈춰 서 있었고

신호가 바뀐 줄도 모르고

백미러로 본 내 뒤의 차는 멈춰 있다
그게 우리가 서로를 알아보는 방식이었고

그 유리 안은 아무것도 없는
아무것도 없는
아무것도 없는

브레이크에서 발을 떼자
구름은 서서히 움직이기 시작했다

구름 밖에서 누군가 너를 보고 있다고 생각하면 그건 상상일 거야 구름이 눈이 되는 거야 울음이 되는 거야 비가 오는 거야 맑은 날에 나는 점점 비대해졌다 가장 중요한 걸 놓쳐 버린 사람처럼 앞차를 보내 놓고 뒤차가 멈춰 있는 것을 궁금해하지 않았다 경적이 울리지 않은 것을 궁금해했다 너는 아프지 않아 진짜 아프지 않아 어떤 죽어 있는 사람들이 어떤 살아 있는 사람들을 보면 말하는 것처럼 그렇게 말문을 터트릴 것만 같다

>
사라지는 것들을 보고 기억해
너에게 구름을 주고 싶어

구름의 모양을 지우면 하나가 더 생겼다

제2부 너는 발코니가 어떠냐고 물었다

넘어지는 사람

춥고 눈이 내리고 손이 시린 어느 날

눈이 펑펑 내리는데 언제 왔냐고 빈말이라도 물어보아야 할 것을 그는 묻지 않았다 나는 빙판에 미끄러져 넘어진 사람처럼 허공에 팔을 뻗은 사람처럼 출렁이더니

내리는 눈만 봤다 눈만 봤다

창밖에는 아직도 눈이 내리고 수없이 넘어지는 것들을 보았다 거리의 간판이 넘어지고 걸어가는 아이가 넘어지고 신호등에 걸린 오토바이가 넘어지고 넘어지는 것을 보면서 다시는 헛발로 넘어지지 않으려고 결심하면서 넘어지게 되자 어제와 다른 새로운 발자국이 찍히기 시작했다

자장가

닫힌 문을 보았다

그것을 방의 문이라 부르고
벽이라 부르기로 하자

방문과 벽의 거리는
한 사람이 두 팔을 펼쳤을 때
닿을 듯한 거리

벽에 붙어 있는 문을 열어 보았다

문은 열리지 않았다
너는 발코니가 어떠냐고 물었다

해가 뜨는 창밖 풍경에서 뻗어 나온 빛이
넓은 거실을 비추고

그곳은 발코니로 통하는 문이 있고

나는 그 문을 지나다니면서

수없이 열었다가 닫았다가 닫았다가 열었다가

유리창과 벽에 자꾸 부딪혀
안과 밖이 바뀌듯이
안이 밖으로 나아가듯이
밖에 나온 안은 어떤 곳으로 가고 있다

나는 그곳에서 다른 문을 열기로 한다
네가 그 문으로 들어오기로 한다

놀이를 하는 동안

아이가 붉은 벽돌을 빻아 고춧가루를 만든다
붉은 가루를 손으로 만진다
미세한 가루에서 먼지가 내려앉는다

아이는 이제 그것을
푸른 잎들과 섞으며 소꿉놀이를 한다

나뭇잎과 꽃과 흰 돌 둥근 돌 기다란 돌
음식을 만들고
놀이를 하다 보면

미래의 우리가 되어 보는 시간

붉은 벽돌은 계속 쪼개지고 부서지고
고춧가루가 입 속으로 들어가는지도 모르게
아이는 소꿉놀이를 계속한다

해가 지는지도 모르고

아이는 몸을 쪼그리고 앉아

손톱 밑이 붉게 번지도록 까매지도록
크고 딱딱한 벽돌을 계속 빻다가
가만히 들여다보다가

아이에게 건넨다

쪼개진 돌이 손안에서 반짝인다
놀이터에 햇살이 오듯 아이들이 온다

아무것도 할 수 없어

동물 병원 입원실 의료용 케이지 안에는
구석을 보고 돌아앉은 작은 개가 있다

난 여기서 죽기 싫어
슬프고 낮고 긴 울음이 내 몸 안으로 들어와

몸이 사라졌다는 생각

아니,
나는 몰랐지 너의 울부짖는 소리를.

해가 지고 밤이 오면
집으로 돌아가야지
너를 남겨 두고 집으로 돌아가야지

작은 개는 없고 나는 있다

혀로 젖은 얼굴을 핥을 거야
더없이 눈을 마주치고 웃을 거야
너의 소리가 내 귓가에 들려오면

내 입술을 열고 잠들 때까지 거기 있다고 말할 거야

개는 구석을 보고 고개를 천천히 좌우로 돌렸다가
돌아앉아 있다

나는 여기서 죽기 싫어
마지막에 한 번은 큰 소리로 운다

붉은 카트

구르던 카트가 멈춰 있다 그녀가 버렸을지 모른다

삐딱하게 놓여 있는 카트
한 바퀴가 빠져 있다

카트가 중심을 잃고 넘어질 때
카트는 제 몸의 무게로 더욱 깊어진다

시식대 옆에 멈춰 있는 카트
카트 안에 상품처럼 아이를 집어넣는다
한 번도 본 적이 없는 아이는
카트 안에서 츄파춥스를 입 안에 넣고 돌리고 있다
반짝 햇살이 미끄러지고

굴러가는 동그란 수박을 잡기 위하여
깊숙이 팔을 뻗는 내 몸 위로
누군가 말한다

카트가 바뀐 거예요

>
어디에도 없는 지점을 카트 안에서 발견한다
구부러진 바닥에서 스스로 구르는 바퀴
힘껏 붉은 카트를 민다

한 카트가 여럿 카트로 모이는 순간
일정한 간격으로 착 · 착 · 착 쌓이는 1층 주차장
빼곡하게 늘어서 있는 자동차 앞으로
카트의 파도가 수평선처럼 밀려오는 곳
세상은 바퀴를 안고 있다

경로를 재탐색합니다

터널, 숲, 나무의 성장

불빛이 있다 터널 벽에 달린 불빛은 번지고 네가 그 안에서 오래 머물 수 없다는 것을 아는 듯 짧은 간격을 두고 불빛은 자주 붉어졌다 휴일 밤의 터널을 지나간다

총 길이 3,997미터. 기네스북에 오른 세계 최장 거리 이 말은 어떤 기다란 통 속으로 인간의 몸이 종이처럼 가볍게 빨려 들어가는 모습을 가리킨다 이를테면 스위스 알프호른의 묵직하게 공명하는 소리를 상상해 보라 너는 터널 안에서 터널 밖으로 나가는 방법에 대해서 자동차의 경적은 낮아지고 바퀴는 계속 구르는 자세를 취한다

아까부터 나타났던 터널을 지나고 있었는데 고라니. 두 마리가 길을 잃고 터널 안으로 들어왔다고 생각하자 어린 고라니가 환하고 어두워지는 공간에서 우는 소리가 참 슬프구나 생각하는데 어둠 속으로 뛰어드는 어미 고라니의 형체는 인간의 모습처럼 보였다 네가 보는 것들을 다시 보았을 땐 네 눈앞에서 사라지는 시간이. 어린 고라니를 데리고 너는 터널 밖을 나간다

발자국이 찍히는 순간 어둠 밖 어둠 밖 어둠 밖 헤드라

이트가 빛을 쏟아 낸다 너는 어느새 자동차 속에서 머리를 내밀고 눈도 깜박 않고 이 길은 처음이야 처음이야 참았던 말문이 터질 것 같은 너의 뒤를 따라 다른 자동차들은 빛을 쏟아 내고 있다 너의 꿈은 길어서 자동차의 바퀴가 한 바퀴 두 바퀴 세 바퀴 돌아갈 때마다 한 걸음도 줄어들지 않는다

그러나 어느새 아름답고 고요한 숲을 상상하자 하얀 나무가 나타난다 숲의 소리는 이상하지. 어두울 때 잎이 자란다 나무는 짙어진 지 오래고 흰 달이 네 곁에서 희미하게 비추고 있고 달빛이 짙어지는 곳에는 밤의 빛들이 한꺼번에 환해지고 있다 어떤 발자국에서는 오랜 기억들이 깨어 있다 이럴 때면 너는 달고 긴 호흡을 뱉어 낸다

너는 오랜 꿈을 꾸고 나면 처음 만났던 터널의 길이를 잊어버린 채 오래 밖을 보고 있다는 생각 무거운 눈꺼풀을 감았다 뜬다 너는 오늘도 조용히 터널을 지나고 있다 휴일의 터널은 비도 오지 않아서 밀려 들어오는 냉기를 밀어낼 필요가 없다는 것을 아는지 터널은 자꾸만 깊어져 간다

마트 주차장

보이지 않는 차를 찾고 있는 사이
나는 거기에 있습니다

이쪽 끝에서 저쪽 끝으로
갔던 자리를 또 가며

차를 찾아내느라 발은 점점 **빨라집니다**

기둥에 붙은 숫자가
헷갈리는 사이
차는 그곳에 있습니다

색깔이 비슷한 차들끼리
나란히 붙어
모여 있습니다

내 차인 줄 알고 다가갔더니
다른 차입니다

유리문에서 걸어 나오는 사람들

이곳에 차를 두고 빠져나갈 수 없습니다

이 층에서 저 층으로
갔던 곳을 또 가며

에스컬레이터에 한 줄 서 있는 사람들
더 빨리 올라가는 사람들
모두 불인 줄 알았습니다

살아 있는 불이 내 눈앞에서 빠르게 지나가고
에스컬레이터는 저 혼자 돌고 있습니다

의자를 보는 동안

여름의 카페는
빙수를 포장으로만 팔았다

조금 먼 거리를 가기 위해
주인은 얼음이 녹지 않게 냉장 팩을 준비했고

카페에는 의자들이 박스처럼 쌓여 있다
고단함을 잊기 위해
아주 잠깐 앉을 의자는 없고

얼음이 녹기 전에
목적지에 도착하려면
머릿속에 얼음을 떠올려야 했다

우리는 누군가의 빙수가 흘러내리는 것을
가만히 보면서
의자가 조금 필요하다고 생각했다

어떻게 생각하면
왜 의자를 바꾸려고 했을까

우리는 포개어진 의자를 보며
바꾸지 않기로 했다

의자 하나가 그 옆에 있고
조용한 카페에서 의자가 쉬고 있다

On-off

조금 짧게 빛이 들어오곤 했습니다
나는 빛을 몰라 잠시 서 있고
벽 옆에 있어 다시 스위치를 누릅니다

언제 나간 거야 그게 새로 단 지 얼마 안 됐는데
아무래도 등을 바꾸어야겠어
그가 걸어오면서 말을 합니다
그는 물건을 잘 바꾸는 사람

나는 늘 전등을 보고 있습니다

믿을 수 없겠지만
깜박거리는 전등 아래 우리는 자꾸 어두워집니다
그는 의자도 바꾸고 책상도 바꾸고

집 안에 있는 물건은 항상 같은 자리에 있지 않고
문득 자리를 바꾸는 것쯤이야 간단할 것 같아서

흰 벽에 가득 채운 이름들을 아까부터 읽습니다
어떤 이름은 불렀을 때 잊힐 것 같아서

당신은 조금 서운할 수도 있겠습니다

그러나 나는 또 이름을 잊어버립니다
신선한 생선을 아무리 먹어도
투명하게 생각이 나지 않아 중얼거리는

여기까지 당도해도
질문의 자리를 바꾸는 일은 오늘로 끝나지 않습니다
사라지는 빛을 보고
나는 이야기가 자꾸 구름처럼 부푼다고 말합니다

락앤락

안에 있는 것을 꺼내 밖으로 내놓는 시간이 있다

밖은 어둠의 반대편
안에 무엇이 담겨 있는지 꽝꽝 얼어붙어 알 수가 없다

냉장고 문을 열었다
아래 한 칸을 빼면 나의 발등 위로 와르르 떨어지고
그것이 얼음이라니
수없이 발등을 찍는다

괜찮니?
물어보는 사람은 떨어진 용기를 잡는다

모든 용기는 안에서 시작했고

문을 닫고 있으면 내가 잘 안 보였다

밖에 놓인 용기가 누구의 것이었는지
안에 있는 용기와 나는 하나가 되어 버렸다

>
혼자 얼어붙어 있다가 매번 혼자 녹아내리다가
흘러내리는 여름이 될 뻔했던 순간

용기의 날개는 햇살이 내리는 오후 부드럽게 움직인다
투명한 날개는 정말로 풀린 걸까

창문을 열면 바람 냄새가 내 품 안 가득 들어오고
나는 가뿐해진 몸으로 최대치 넓은 새 용기를 사러 나간다

데칼코마니

잠이 들면 모른다
자신의 잠버릇을

잠과 밤의 거리는
두 팔을 벌렸을 때 손과 손의 거리

반복은 의식하는 순간에도 있다

얼굴을 어루만지는 시간

당신은 매일 밤 잠든 순간에도 바라게 된다
낮에 봤던 얼굴과
밤에 봤던 얼굴을 나누고

꿈속에서 어디를 간 것 같았는데
침대 위에 있다

낮 의자를 옮기고

문을 열고 신발을 거꾸로 놓고 있다

꿈 밖에서 무엇을 본 것 같았는데
다리가 저려 잠에서 깬

잠에서 일어나는 시간
그것이 몸이라면

밤에는 그네를 타야지

연습의 효과

우리 어두운 이야기는 나중에 하자
눈을 감지 말고 노래해
박자를 놓치는 데서 시작해

언니, 언니가 그랬잖아 사람들이 언니를 잊을 것 같아 죽음이 두렵다고, 언니 이제 생각나지 않아 언니 나는 단지 언니가 사라진다는 것을 몰랐고 그런 일들이 꿈을 꾸는 듯했어 어떤 일들은 지우기 위해 평생 시간을 뭉개고 있는 것 같아 나는 가끔 언니가 보고 싶고 너무 만지고 싶고 언니의 아름다운 편지와 웃는 사진은 영원히 노래가 될 것 같은 기분이 들어 언니

언니는 나에게 하고 싶은 일을 하라고 했잖아
해 봐 현이야 넌 잘할 것 같아

그리고 나를 잊지 마
꽃말은 꽃의 밖에 있을까 꽃 안에 있을까

언니 언니 어떤 말은 사람을 흔들게 돼 언니 나는 나에게
태어나서 나를 막 흔들어 버릴 것처럼 생겨서 너무 환하고

어둡고 무엇이든 써 버리고 싶은 손이 생겨서 가장 큰 존재
가 되었다가 가장 작은 존재가 되었다가

나는 중심의 바깥을 모르고 얼굴 밖에서 얼굴 안을 찾는다
그 안이 어두워지는 것을 모르고

쭈그리고 앉아 꽃을 가만히 들여다본다
붉게 올라오는 둥근 봉오리
조금씩 다가가 만지면 물이 환하게 올라오는
봉오리가 봉긋 솟아나는

꽃은 저마다 피는 시기가 다르다
어떤 꽃은 언제 핀지 모르게
환한 햇살 아래에서 피어 있다

나는 꽃잎 쪽으로 조용히 다가가려는데
두 손이 꽃잎에 닿은 것도 같고
줄기에 솟아 있는 차가운 가시에 찔리는 것도 같고

꽃말을 다시 써 봐

언니 언니가 나의 차가운 겨드랑이에 손을 찔러 넣었을 때
심장 아래에서 단단하게 만져지는 뼈를 만져 봤다고 써 봐
그렇게 써 봐

언니의 소리가 귓속에서 맴도는 휴일의 오후
언니, 언니 그때는 왜 그렇게 말을 안 했어
그게 제일 궁금해

그늘

병원을 지나 우체국을 지나 도착하고 싶은 곳에 도착했다 오늘은 바람이 부는 날이라고 했다 돌아가야 할까 기다릴까 돌아가야 한다면 하려고 했던 일은 언제 하게 되나 나는 생각할 시간이 필요하고 길을 걸었다 그곳은 도서관이라는 생각 자리는 다 차 있었다 마음을 접었다 그곳은 저녁 공원이라는 생각 생각은 벌써 단호해지려고 하고 어제와 같은 슬픔을 멈춰야 할까 누군가 저쪽에서 작게 말하는 소리가 이쪽에서도 들린다 길에서 걸어가는 사람들은 계속 걸어가고 있고 걸어가는 사람들 뒤로 사람들이 걸어가고 있다 결국 시간이 도착해 있다는 얘기 길에서 걷는 사람은 언제까지 걸을 것인가 내가 누군지 도무지 알지 못한다 아침까지 걸어갈 것인가 이팝나무는 도착하지 않은 사람들을 기다리며 이파리를 흔들고 있다 나는 잠깐이라도 고요한 시간을 가져 보려 걷고 있다 잠깐이라도 하려고 했던 일을 할 수 있다면 다시 멈추지 않아도 될 텐데 내가 도착하고 싶은 곳은 오늘도 꽃이 피고 있다 그곳은 어디에 있을까? 계속 걷는다면 내일 도착할 수 있을까? 이제 어디든 걸어가면서 환한 그늘을 걷어 낸다

구호

야무지게 닫힌 방의 문을 열지 않는 이유가 있다면
그건 슬픔 때문일 거야

그 후로 봄은 열 번도 더 지나갔지만

문득 그 방의 불이 꺼진 것을 아는 사람들은 끝없이 말
을 했고
어떤 말은 지워지지 않는다

텅 빈 자리
살아 있는 네가
영영 아득하게 보인다고 말할 것만 같은 여름

그 방은 파랑색이야
나에게도 말해 주는 사람이 있었는데

키를 찾습니다 사람이 무너지는 방에 있어요

상처를 덧대어 붙일수록
그렇게 방은 조금씩 사라지고 있었다

\>

그때도 내 안에서는
구호처럼 빗줄기야 빗줄기야 부르고 있었다

부르면
네가 이쪽으로 고개를 내민
오늘 운동장은 너무 빠르게 젖으려 한다고 말할 것 같다

끝없이 닿을 수 없는 이야기들로
가득 찬
적막한 방

나는 문득 돌아서서 창문을 연다

제3부 빛의 움직임

못 치는 사람

밤에 못을 치지 마라 할머니는 말했습니다 튀어나온 못
이 내부를 향하고 있습니다 최대한 단단한 벽을 찾아 두드
렸는데 그만 휘었다고요? 아아 벽의 내부에는 못이 없습니
다 아니 증오하는 사람의 얼굴이 불처럼 빨갛습니다 못 치
는 소리는 들려오지 않고 흔들리는 벽이 자꾸 눈에 들어옵
니다 그럼 언제 못을 치나요? 도무지 알 수 없어서 계속 두
드려 볼 뿐입니다 여기인 것 같았는데 여기가 아닌가 봐요?
최대한 단단한 벽에 못을 치려 했는데 벽은 꼼짝도 하지 않
습니다 못의 머리가 자꾸 입에 들어왔습니다

열차

다리 위로 지나가는 열차는 아직도 지나가고 있을까

소녀는 여름 강둑으로 뛰어갔다
소녀가 한낮에 집을 나온 것을 아는 사람은 없고

차가운 바람은 불다가 저 혼자 멈추는 것 가볍고 무겁고
하얗고 검은 몸을 만들었다 소녀는 멈춰 서 있고 강물은 아
무렇지 않은 듯 고요히 흘러가고 흐르고 다리 위로 한 대의
열차는 빠르게 지나갔다

움직이는 것을 보는 중에는
소녀가 죽으려는 생각이 사라지고
지나가는 열차 한 대가 반짝인다
발밑에 떨어져 있는 돌멩이 하나가 반짝인다

긴 둑 끝에 서서 소녀는 움직이는 것을 한참 바라본다

바람, 강물, 햇빛이 옮겨 가는 소리
움직이는 소리가 부딪힐 때

거기서 멈추는 일은 종종 있는 일이야
바닥을 밟을 때마다 풀이 죽었다

긴 벤치가 뜨거웠다는 것을 그때 알았다

누가 한순간에 사라졌다는 것을 이야기를 하며
등 뒤로 지나가는 사람들

그녀는 어디로 사라졌을까

빛이 움직이며 사선으로 내려오고 있고
소녀의 둑은 맨 끝에서 따뜻해지기 시작한다

누워 있는 개

흙색의 지푸라기 같은 개 한 마리였다

나이는 어려 보여 개의 나이를 잘 모르는 사람이 본 것은

개 한 마리였다

그저 논두렁 가장자리에 쓸쓸하게 누워 있었다

눈을 맞고 물 고인 논의 가장자리에 누워 있는 것으로 보아

목마름에 물을 먹으려고 그곳까지 왔다가

끝내 몸을 가누지 못하고 쓰려져 죽은 것 같다

그저 한순간만 넘기면 되었을 것

처음 본 장면에서 오랜 시간이 정지된 듯

무덤의 봉분처럼 볼록 올라온 흙색의 개

>

개는 그곳에 도착하기 전에 어디를 지나왔는지 알 수 없다

흙색의 개 한 마리가 어둠처럼 누워 있다

마지막 편지

울지 마라

고함치며 울던
돌아와 빈방에서 울던 밤
창문 밖 멀어지는 꽃 지는 소리
쉬엄쉬엄 말소리 들려오는
움켜쥘 수 없는 빈방

문밖에서 문 여는 소리 문 닫는 소리
발자국이 조금씩 내려가는 계단

내가 가진 이름을
불러 본 적 없어

울지 마라

떠나기 전 한 줄 쓴 엄마의 일기장
두 손을 가지런히 올려놓는다
당신의 발자국마다 바람이 부는

>
나는 조금씩 당신을 닮아 갑니다
서서
가다 서고
걷는다

남겨진 말을 보고 있어도
당신을 볼 수 없어
기억을 꺼내 환하게 펼칩니다
시간이 흐르는 방

가까스로 가는 밤입니다
내일이 오는 밤입니다

변곡점*

아버지 지금 어디에 계셔요
회사 출근했지

아버지 오늘은 아버지 생신날이에요
……

아버지 오늘은 아버지 생신날이에요
아. 그렇구나

제가 아버지를 만나지 못하니까 가을 점퍼랑 옷을 사서
우편으로
보내 드릴게요
……

아버지, 아버지 옷을 사서
보내 드린다고요

>
괜찮아 고맙구나 허허
아버지 지금 계신 곳이 어디예요

여기? 직장
네…… 직장에 나가셨구나

* (치매를 앓고 계신 아버지는 요양원을 직장으로 알고 있고 그래서 8년
동안 단 하루의 결근이 없었다 오늘이 2,496일째이다.)
그 덕에 우리는 모두 집을 짓고 창을 내고 살 수 있었다.
나는 아버지의 글 중 사회 논평에 관심이 많았다. 그러나 80년대 작성
된 논평은 대부분 한자로 적혀 있다. 그때만 해도 발행된 신문들이 한
자를 쓰기도 했다. 그래서 나는 아버지의 많은 글들을 지금도 읽어 내
지 못하는 것을 안타깝게 생각한다.
70년대, 80년대는 우리나라에서 언론 검열이 가장 심할 때였다. 아버
지가 몸담은 언론사(동화통신사)는 신군부에 의해서 통폐합되었고
아버지는 편집국장으로서 영국의 로이터 통신, 미국 AP 통신, 프랑
스 AFP 등 해외 각 나라의 기사를 받아 우리나라 모든 언론사로 기
사를 주는 사회적 역할을 감당하다 퇴직 후 치매를 앓게 되셨다.
나는 사회 현장에서 각종 사건, 사고를 담당했던 언론인 아버지가 퇴
직 후 겪었을 깊은 상실감을 헤아리지 못했다.
오늘에야 뒤늦게 죄송스러운 마음으로, 아버지께 이 시집을 바칩니다.

신은 다 안다고 했다

빛은 왜 인간에게 먼저 있지 않았을까?

빛이 있으라

신은 큰 소리로 말하는데
나는 아주 작게 듣는다

빛
빛이야 빛이야

그건 너무 크고 강해서 눈을 감게 되지
언제나 바깥의 중심에서 섞이면 더 캄캄하지

나는 있다를 없다로 바꾸어 쓴다

빛이 없다 듣고 싶지 않은
빛이 없다 아직 듣지 못한
빛이 없다 말하지 않는

빛은 빛의 크기로 쌓여 있고

그것은 어둠이다

신은 거울을 닦아 내리면서
빛이 있으라

신이 보는 것을 인간은 보지 못해 두 눈을 감았다 뜬다
만지려 하면 놀란 가슴으로 걸어오는 빛은 똑바로 볼 수 없고

빛의 목록에 대해 나는 그을린 얼굴로 다시 쓴다
잊고 싶은 것을 밝은 쪽으로 옮겨 두었을 때 어떤 기억은 스
스로 희미해지고
나는 목록에 적힌 글자를 꺼내 어둠과 섞는다
사실은 진짜 같아서 신을 봤네 신을 봤네 말할 뻔했다

신은 말이 많은 인간에게 그림자 하나를 툭 던지고 사라
진 듯

빛은 빛의 길이로 길어져 있다

서울역

나는 길을 건너고 있다
한 손에는 핸드폰을 들고 있고 가방을 들고 있고
어느 산을 오르는 사람들이 떠나는 것처럼

지금은 낮인데
하나같이 밀랍의 인형처럼 한 방향으로 걷고 있는데

잠깐 물어볼 게 있어요,
그는 내가 광고 전단지를 나눠 주는 사람인 듯
대답도 없이 조용히 지나쳐 가는데

이 길에는 길을 몰라 가지 않는 사람들이 앉아 있는
잃은 눈들이 하얀 달빛에 반사되고 있는데
어느 발이 계단을 뛰어 올라간다

거울을 꺼내 들었나

닳고 허름한 옷을 입은 키 작은 사내가
   엉거주춤 허리를 숙인 자세로 쇼핑센터 앞에서 커피를
뽑고 있다

4잔의 종이컵이 쟁반 위에서 한쪽으로 쏠릴 때마다
쟁반의 수평을 잡으려고 사내의 몸은 더 허리를 굽힌다

이제 사내는 커피를 서둘러 갖다 줄 것이고
이제 사내는 임금을 주는 사람에게 순종할 것이고
나는 그가 시야에서 사라질 때까지 쳐다볼 것이다

지나치는 많은 사람들 속에서 사내는 사라진다
모두 사라지는 사람들 속에서 이렇게 그는 내일도 올 것이다
카페 안에는 말끔한 옷을 입은 사람들이
허기를 채우기 위해 삐걱대는 의자에 앉는다

그 시각이 몇 시인지 모른다
어디선가 안내 방송이 흘러나오고 하나둘 불 켜진 창들이
있다

토르소

빛은 가운데서 모아진다

남자의 노래를 들었지
그의 목소리는 점점 올라가고

고양의 순간은 그가 있는 순간
날아갈 듯 무대 위를 왔다 갔다 하지

우리는 객석의 어두운 조명 아래에서
따분한 사람들처럼 입을 찢어질 듯 벌리고 있고
팔짱을 낀 채 조용한 말들을 하느라 아름다운 음을 놓쳤지

그는 잘 부르는 노래를 하나라도 더 가까이 부르기 위해
무대 아래로 내려와 관객에게 손을 내밀며
무릎을 꿇었지

무대는 점점 멀어지고
무대 위에서는 누구나 멋있어 보였는데

악기는 어두운 영역을 연주할 때 저음으로 전진하지

낮게 깔린 음을 표현하기 위해 손은 심장보다 위로 올라가고

누군가 무대 위에서 울기 시작하지
우리의 심장은 멋진 노래를 동경하지만
몸을 표현하느라 목소리를 잃어버린 사람들의 노래를 부르지

무대 위 가난한 사람들의 노래가 둥둥 떠오르는 걸
우리는 영원히 노래를 부르며 알게 되지

극

    당신의 이름에는 극적인 것이 없습니다 한쪽의 이름에서는 공존하는 무엇인가를 담고 있습니다 치밀한 계획 없이 방을 바꿀 수는 없습니다 침대 모서리에 앉아서 양말을 신습니다 당신 가방 속에서 잊어버린 숫자를 찾아냅니다 태어난 날과 죽는 날이 같은 사람은 희박합니다 그런 사람의 이름을 신문에서 찾아낼 때는 극적인 순간입니다 우리가 만일 극적인 것을 떠나서 산다면 대부분 조용하게 흐릅니다 골목에서 분지를 만들고 삽니다 발을 헛디뎌 돌아오는 날입니다 아침은 극적이지 않습니까

    조금씩 선명해지고 있습니다 당신을 영영 만날 수도 없지만 당신에게 그늘을 만들어 준 이팝나무의 이야기만큼은 오래 기억됩니다 이팝나무는 마른 가지를 떼어 내고 이팝나무로 자라 이팝나무가 될 것입니다 당신의 풍경은 조금씩 출몰했다 조금씩 사라집니다 지나가 버린 것들에서 당신은 오늘 깨어나길 기다리고 있습니다 사진에 박힌 얼굴이 환히 웃고 있습니다 옮겨 심은 식물의 이름이 하나 하나 기억됩니다 이야기가 새롭게 시작됩니다 당신의 손바닥의 금이 푸르게 펴지고 슬픔은 모래알 크기에 불과합니다

>

당신의 이름은 왜 장미입니까 당신의 열정이 금고처럼
닫혀 있다면 비번을 바꾸겠습니다 오래된 장화에선 고양이
가 살지 않아서 장화를 바꾸겠습니다 해 질 녘 문을 닫는 시
장에서 당신은 구름 우산을 사 가지고 나옵니다 당신은 처
음부터 싱거운 맛을 좋아하고 싱거운 음식으로 차려진 식
탁 위에서 허리를 펴고 앉습니다 그늘은 소리를 내며 거대
한 접시로 깨집니다

당신의 방에는 극적인 것이 있습니다 푹신한 이불을 걷
어찰 다리가 있습니다 달라붙은 벽지를 떼어 낼 수 있습니
다 당신은 맑은 날 창을 열고 이불을 펴서 말립니다 창밖에
는 햇살이 걸어오고 있고 우산을 꺼내 털며 걸어오는 사람
들이 지나갑니다 조금씩 올라오는 당신의 첫 그늘이 적자색
꽃을 끌어올립니다 거울 속에서 당신의 꽃이 열릴 때마다
오랜 잠들이 반짝입니다

소리

그가 말했다
거의 다 왔어

그가 텅 빈 눈으로 말했다
거의 다 왔어

뒤를 돌아보니

어디서 들린 소리 같았는데
내 안에서
밀어내는 소리
삼키는 소리

한 사람이 공원을 가로지르며 걸어가고 있다
그의 뒤에는 그를 따르는 개가 땅을 내려다보며 걸어간다

그가 멀어지는 시간

육교 아래에는
뜨거운 땡볕을 피하려는 듯 한참을 혀를 아래로 늘어트린

다른 한 마리의 개가 멈추어 있고

늦었지 아직도 걸어가려는 듯이
저절로 자라나는 숲과

저절로 멈추는 나무와

저기에 텅 빈 테니스장과
작은 나무들의 바람이 부는 그림자
저기에 누군가 앉았다 일어난 듯한
공원 벤치 의자들

어딘지 모르게 서로들 눈을 피하며
걷고 있다

끝날 것 같은 폭염이 한참 솟아오를 때
바닥은 더욱 뜨겁게 몸을 안으로 만다

혼잣말

그래요

나는 어느덧 자라 어른이 되었고 여자가 되었고 누굴 닮
았는지 알쏭달쏭
내가 어쩌다 듣는 말은 결론부터 얘기해 주세요

피식 웃습니다
나는 그 말을 되받아 아무도 없을 때
혼잣말을 합니다

결론부터 얘기해 주세요
우리에게 얼마나 많이 결론이 중요했을까 말의 효용성을
따지자면 결론부터 얘기하고
글의 효용성을 따지자면 결론부터 쓰는 글

나는 종종 사람들 앞에서면
그 얘기의 결론이 뭘까?
나도 모르게 작동하는 머릿속의 톱니바퀴
많은 사람들이 결론 없이도 얘기를 해요

\>

우리가 만나 한참을 얘기하고 돌아서면
아 좋다 그런 감정이 남는다는 거

나 혼자 얘기하고 혼자 웃습니다

어린 내가 불쑥 튀어나와 잠자리의 날개가 찢긴 것을 보고
날 수 있을까 묻습니다

나무 끝에서 바람이 지나가자
잠자리의 날개가 파르르 떱니다
오후 내내 햇볕에 바싹 마른 흰 빨래들에서
바람 냄새가 천천히 들어옵니다

머릿속의 사건

그것은 엄마의 혼잣말과 함께 거의 사라졌다 엄마의 이야기는 무엇을 말하고 싶은지도 모른 채 오랫동안 봉인되었고 내가 기억하는 건 엄마의 혼잣말이다 나는 무엇도 그때의 마음으로 돌아갈 수 없었고 엄마의 존재가 혼잣말을 할 때 아득했던 표정과 눈동자가 내 머릿속에서 테이프가 되감기는 것처럼 무한 반복되었다는 이야기다

이것은 한 여자의 슬픔 같은 얘기일 수도 있다 미리라는 이름을 가진 여자가 있다고 치자 그녀의 존재는 엄마의 이야기 속에 늘 등장했다 비가 오는 날에도 햇볕이 창가에 드는 날에도 엄마는 말했다 "미리 그 여자 죽었을 거야" 그렇게 그 말뿐이었다 아무 맥락도 없이 툭 내뱉는 말 웅얼웅얼 소리가 밖으로 뻗어 나가지 못하는 말 가슴 아래 푹 삭혀 두었던 아픔 같은 말 명치끝이 따갑도록 쓰린 말 날카로운 칼에 베인 말 엄마의 표정에는 만감이 스쳐 지나갔다

생은 무언가 끝날 것 같지 않은 시간을 내 앞에 가져다 놓은 것처럼 어느 날 문득 엄마의 혼잣말이 내 가슴 한편에 들어왔고 순간 내 가슴이 무너지는 듯했다 "미리 그 여자 죽었을 거야" 나는 그때 미리라는 인물의 정체를 어렴풋이 느끼

게 되었다 엄마는 다른 세상으로 떠났지만 나는 이제야 엄마의 혼잣말을 알게 됐다

누가 알 것인가 엄마의 마음을 아무도 몰랐다 차마 입 밖으로 내어놓을 수 없는 말을 하고 싶다는 마음을 그렇게 표현했으리라 엄마로서 자식을 지키지 못한 자책이었으리라 진실은 항상 어두운 곳에서 조금씩 자라고 있다는 사실 나는 엄마의 혼잣말은 진실을 밝혀 주는 촛불이라는 혁명 어떤 사건은 우리가 모르게 전도되고 쏠리게 된다

나의 충동은 깊은 곳에 그물을 던지는 베드로처럼 영원히 멈추지 않는 하나의 이야기로 계속되고 싶다 우리가 모르는 가운데 문턱을 넘지 못하는 숱한 이야기들이 명멸하며 사라지지 않도록 나는 이 거리에서 질문에 부딪힐 때마다 미끄러지던 여러 날을 사랑한다 이야기는 꼭 사라진 소리의 노래 같고

이 이야기가 조금 무거울지도 모르겠다

걷고 있는 사람

무슨 일로 오셨나요?

회색의 건물 앞에서 한 남자가 묻자
막 건물 중앙 회전문을 밀려던 여자가 돌아본다

들어갈 수 있어요?
여자는 대답한다

미리 약속은 하고 오셨나요?
한 남자가 다시 묻자

약속이요?
처음이에요
여자는 말한다

여자는 흰 보따리를 힘주어 부둥켜안고 있었으며
얼굴은 일그러져 있었고 기대에 찬 듯했다
누군가 건물 중앙에서 나와 계단 아래에 있는 회전문의
번호를 누르자

>
문이 열렸다
여자는 그의 등 뒤를 따라 들어갔고

요즘 세상에 나쁜 사람들 정말 많아요
무서운 세상이에요
한 남자는 나를 보며 말을 했다

마당 한가운데는 지하 주차장으로 내려가기 위해
자동차들이 노란 불빛을 쏟아 내며 지나갔다

몇 시쯤 되었을까 어둠은 깊게 마당 한가운데 내려앉았다
건물 중앙 희미한 불빛 아래 여자가 갑자기 나타났다
무언가로 튕겨 나와 계단을 급히 내려오고 있었다
나는 여자를 보고 있었지만 여자의 흰 보따리를 보고 있었다
어둠 속에서 반짝거리는 흰 보따리는
알 수 없는 여자의 소중한 물건 같았다

"어, 저 여자 좀 보세요
여자가 우나 봐요"

>

한 남자는 놀란 듯 여자를 가리키며 말했다

깜깜한 어둠 속에서 한 여자가 울며 걸어갔다

흰 보따리를 꼬옥 안은 채

오늘은 정말 슬픈 날이구나 나는 불 꺼진 건물 중앙을 보고 있었다

밤은 무엇인가 우리를 거리에 서 있게 했다

제4부 해는 올라오고

기자의 나라

아버지는 글을 쓸 때 어느 누구의 힘보다 강하다고 믿었습니다 그것은 눈에 보이지 않았고 아버지께서 글을 쓰고 고칠 때 글은 곧 나라고 말을 하였습니다 그래서 아버지는 외로우셨습니다 외로워서 우리를 낳으셨고 사랑하셨고 이름을 지어 주었습니다 아버지의 이름은 아버지가 부르지 못하여 제가 아버지를 부르는 날이 많았습니다 아버지는 저를 잊었는지 아무리 아버지를 불러도 뒤를 돌아보지 않습니다 그래서 저는 오늘도 아버지 앞에 서 있습니다 아버지가 써 놓은 논평 제목이 내일 아침 신문 사회면의 헤드라인이 될 것입니다

검열

해가 올라온다
추워도 올라오고 더워도 올라오고

집 안에는 큰 소리가 나고
밖은 조용했다

그것이 무엇인지 무엇 때문인지
알 수 없는
소리는 우리를 모두 삼켰다

해가 올라온다
안에도 올라오고 밖에도 올라오고

가방을 들고 학교를 갔다

선생님은 우리에게
대한 사람 대한으로 우리나라 만세
노래를 가르쳐 주었다

새벽에 들은 얘기

아버지는 통금이 있는 새벽에 돌아왔다
왜냐고 물어도 침묵만 할 뿐이었다

사람들이 끌려갔어. 고문을 한대. 신군부가 언론을 통
제하고 있어.
당분간 집에 돌아오지 못해.

아버지는 엄마에게 말했다
잠을 자고 있었던 내 머리맡에서

들려오는 알 수 없고 어두운 소리

엄마의 가늘게 떨리는 목소리
뭔지 모르는 얘기가 숨을 쉴 때마다
내 몸을 누르는 것 같았어

아아. 이상해
아 자꾸 그 소리가 귓가에 맴돌아

잠에서 깬 언니들은 울음을 터트리며 말했다

아버지 그게 뭐예요 그게

"너희들은 모른다"
우리는 죄지은 사람처럼 모두 무릎을 꿇었어

엄마는 집 안의 모든 불을 켜고 흰 밥을 짓고 몇 벌의 옷
을 내놓았다
밖에서는 통금 해제 사이렌 소리가 나고

포도나무 가지가 길게 뻗은 마당에 아침이 오면

우리는 아무것도 모른다

흰색 레이스 블라우스와 청색 원피스를 입고 학교로 가고
총과 칼을 든 사람들의 사진이 지워진 신문이 도착하고
아무것도 모르는 순한 흰 개는 마당에서 자고
세발자전거 위에 햇빛이 쏟아져 내리는 오후

마당에는 적막처럼 붉은 샐비어 꽃잎은 떨어져
꽃잎을 따다 준 식모 언니의 손은 점점 어두워져

\>

곧 큰일이 일어날 것 같았어

우리는 죄지은 사람처럼 모두 무릎을 꿇어야 했어

너의 뒤에 누군가가 있다면

너는 수없이 뒤를 돌아다본다 뒤의 뒤 뒤의 뒤

뒤가 너에게

그때는 너무 어렸잖아

너는 말한다

그렇다고 아무나 그 일을 하지 않아

(뒤가 한꺼번에 소리치며)

아무나?

나는 아무나가 아니다

아무도

나를 이해한다고 하지 않았지

>

끝내 모르는 일은 모르게 시작한다

뒤는 어디서 와서 어디로 가는가

알 수는 없지 알 수는 없는 데로 가지

앞이 오고 뒤는 가고 가고 다시 온다

자라지 않는 말을 떠올리다

네가 처음 첫 발음을 놀라지 않고 끄집어낸다

나를 사랑할 수 있다고요

섬을 생각하면 섬이

아무도 없는 법원 마당을 걷는다 문은 일정한 시간이 되면 열고 닫는다 검색대를 통과해 가방을 올려놓으면 분리된 다리처럼 낯설다 칼, 못, 병이 있는 가방을 확인이라도 한다는 듯이 무빙 엑스레이가 돌아간다 민원실 안에는 무엇을 잃어버린 사람들이 번호표를 뽑고 의자에 앉아 기다리고 있다

알 수 없는 서류들은 방목된 채 유리 진열대 위에 놓여 있고 빛을 잃고 잠겨 있다 펜의 그림자가 종이 위에 새겨진다 하지만 내겐 소리가 없는데

돌다리도 두드려 보고 건너듯 간간이 마주치는 파열음으로 내 균형을 맞춘다 누구나 균형을 잃을 수도 있는 그곳 질문은 계속 쓰인다 법은 어렵지 않아요 우리를 지켜 주어요 법원 로고송이 절반쯤 들려오고 외롭고 낮고 억울한 사람들은 종종 담장 아래에서 햇살을 쬐고 있다

잃어버린 것은 네가 아니다 오래전부터 앞마당 화단 앞에는 섬이란 제목의 돌 조각 조형물이 있다 누구도 알아주지 않아 진실을 찾으려는 손은 더듬거리며 문을 여는 법부

터 배우고

　법률가처럼 생각하는 법 그것은 건전한 상대주의를 넘어
회의주의, 허무주의로 이끄는 길잡이다[*] 머릿속으로 책에
밑줄을 긋는다 "무엇을 찾으려 오셨나요?" 민원실에서 들어
오는 사람들에게 친절하게 물어 주면 좋겠다

　닫힌 문을 통과해 되돌아 나오면 가방 안에 위험한 물건
이 없다는 것을 알게 된 보안 직원은 고개를 끄덕인다 돌
다리도 두드려 보고 건너듯 하지만 내게는 열쇠도 손에 쥔
적 없는

　안으로 들어오는 자동차가 차단기 앞에서 전조등을 켜고

　녹지 않는 거리

　늘어서 있는 점포가 일정하게 문을 연다
누가 오기로 한 것처럼

[*] 『법, 셰익스피어를 읽다』에서.

갑자기 생긴 일

꿈속에서 물어봤습니다
내 앞에는 오래전에 세상을 떠난 언니가 있고

고통이 뭐야?
언니는 왠지 아무 말이 없었습니다

아침
한 통의 전화
엄마가 숨을 안 쉰다고 얼핏 들렸습니다
순간
세상에서 나 혼자인 것 같았습니다
그 어둠

"엄마 엄마 차 조심하세요"
제가 엄마한테 했던 말을 아들은 뛰어나오는 저의 등 뒤
에서 외칩니다

휘청거리며 달려가는 동안 몇 번이나 길을 벗어날 것 같
았습니다
아침에 꾼 꿈이 자꾸 생각이 났습니다

이상한 예감이 도착했을 때쯤

없고
없고

대답이 없는 언니나 엄마는 같았습니다
또 부릅니다

모두가 혼자였습니다

눈을 감는 순간에
혼자라고 생각했을 겁니다
나는 목 놓아 울었습니다

나를 보는 사람들이 이제 소용없다고
그런 말들을 하고
곁에 있을 때 많이 사랑해야 한다고
모두가 알고 있는 말을 하고
사람들을 보며 나는 어쩐지 계속 혼자가 될 것 같아
다시는 혼자 있지 않을 거라고 하고

\>

우리가 모르는 사이에 이렇게 어둠이 온 것일까요
자꾸 꿈을 꾸면서 길을 잃어버립니다
방향을 찾을 수 있다는 말을 몇 번이나 중얼거리고

어둠 속으로 미끄러져 들어간 것은 엄마가 아니라 나였는데
모두 기억나는 장면은 다 다릅니다

어느새 밤이 내려앉습니다

고통이 뭐야?
나의 질문은 가볍고 엄마의 차가운 손이 미끄러져서
나는 손을 뻗습니다

밤은 깊어지고 무엇인가 새것이 태어납니다

프롤로그

내가 인류를 구한다는 말은
아무도 믿지 않았다

내가 나를 구한다는 말을
나는 믿지 않았다

포도나무 넝쿨 아래로 파란 대문이 보이고

열린 문으로 한 언니가 들어왔다 나는 해가 뜨면 대문 밖에서 누군가가 부르는 소리를 들었는데 파란 대문 밖에는 기다란 담벼락 사이로 나란히 문들이 서 있었다 그때 나는 일곱 살이었으니까 햇볕 아래 반짝거리는 빛이 통과할 때 바닥에 난 실금을 발견하곤 했다 어느 날 언니는 다시 내 집에 놀러 왔고 포도나무 아래에서 잘 익은 포도 한 송이를 주면 종이 위에 인형을 그려 주겠다고 했다

태어나 처음 해 본 거래였는데 하루 종일 비 내리고 바람 부는 날이면 언니는 내 집 마당 대문 안쪽에 있는 포도나무를 흔들었다 언니는 바닥의 실금을 밟고 문턱을 넘어가 버렸다 어쩌면 내 종이 인형을 못 받을 수도 있으리라 내가 기억하는 최초의 여름은 마당 한가운데 놓여 있는 세발자전거 위에 쏟아져 내리는 비. 포도나무 아래로 포도알이 뚝 뚝 떨어져 어긋나는 앞마당. 연둣빛. 여린 빛. 너머로 보이는 파란 철문 아래에 난 문턱이 있는 풍경이었다.

마당 안쪽으로 포도나무가 뻗어 나 자랄 때 내 어린 팔은 지붕 아래 흰 기둥을 잡고 쏟아지는 햇볕에 반짝인다 수돗가에서 은빛 갈치의 비늘을 벗겨 내는 정교한 어머니의 손

가락은 내 머리 위를 종종 쓰다듬었다 일곱 살의 첫 거래는
언니의 뒤를 졸졸 따라다니다가 주위를 맴돌다가 언니의 손
가락이 어루만지는 이파리를 보고 있다가 마른 입술을 깨
무는 소리를 듣다가 붉어지는 두 뺨 가지런히 땋은 검은 머
리 포도의 연둣빛 과즙 내 기억은 빛이 닿는 시간으로 첫눈
처럼 지나갔는데 포도나무로 가득 찬 마당 한구석의 달큰한
냄새 비는 하루 종일 내리고 바람이 부는 날 나는 꿈을 꾸듯
몽롱해졌다 내 첫 강아지처럼 다시 하얘지기를 지워지는 풍
경 속에서 눈은 내리고

간호 병동

그녀가 싱글싱글 웃으며 들어온다
한쪽 침대에 누워 있던 환자들이
잠시 일어나 앉으면서
침대에 딸린 접힌 테이블을 펼친다

맛있게 드세요
내려놓은 식판 위에는 따뜻한 음식이 담겨 있다
위생모를 쓴 그녀의 얼굴에
새가 내려앉는다 날아간다

그녀가 침대 앞을 지나간다 지나쳐 간다
달빛을 지나쳐 간다 지나가는 것을 모른다

필요하면 간호사 벨을 누르세요
내일은 식단을 바꿀 수 있는 날입니다

누군가가 그녀에게 어떤 말로 수고의 인사를 건넨다
식판을 나르는 그녀의 낯빛이
아주 잠깐 그와 눈이 마주쳤는데
우리 중 아무도 그녀의 눈을 보지 못했다

＞

맑은 공기를 쐬고 돌아온 그녀의 몸에서
바깥 창 냄새가 났다
흰 벽에 붙어 있는 별들에
자꾸 눈이 가고
자꾸 스러지고

별들이 한쪽으로 다시 눕는다

그러나 오늘이 처음이 아니어서
적막과 고요 사이에 갇혀 버려
나도 모르게 음식을 흘리게 될 것 같아 무서웠다

제5부 정다운 나의 개

한 사람

언제 올 건데?

마침 가까이 와 있는 그가 내게 묻는다

나는 북적거리는 거리에서 그의 전화를 받는다

곧

한참이 흘러도 나는 가지 않았다

언제 올 건데?

아주 멀리 가 있는 그가 내게 묻는다

나는 한가한 거리에서 그의 전화를 받는다

곧

나는 그의 기억 속에서 모르는 사람이 되었다

이후의 닦음

거울을 닦고 닦아도 아침이면 다시 흐려진다
맑은 날 뉴스 기상 캐스터의 노란 비옷
구름의 이동 경로는 바뀌고
긴 우산과 3단 우산 중 생각하는 사이
길 밖의 정거장 좌석 버스는 출발한다

매일같이 다니는 길목 점포에서 노란 락스 한 통을 사고
욕조 안 붉은 곰팡이는 닦아 주어도 자랐다
이게 아닌데
밖에. 창문. 바람
여러 개를 열고 닫는다
떨어지지 않는 문장
전후 없이 이어지는 밤

오늘 온다던 소식은 도착하지 않는다
보이지 않는 세계
건널목을 건너가는 사람들
뒤에는 내가 건너가고 있는데

깨지지 않는 돌

나는 작은 돌 하나

오늘을 옮기지 못하고 눈을 뜨는 중

눈을 뜨다 말고 유리를 닦는다

너의 웃는 얼굴

　너는 오래된 얼굴을 보고 있다 네 발밑으로 새어 나오는 얼굴은 그림자를 갖고 있고 너와 구름과 그림자는 서로 알아볼 수 없을 만큼 섞여 있다 너의 얼굴에 모자를 씌운다 모자는 막 바람을 안에 넣은 채 모자 밖으로 까만 머리카락이 빠져나왔다 거리에 모자를 쓴 사람들이 바람을 맞고 서 모자를 고쳐 쓴다 행인 하나가 좌판에 깔린 모자를 살 듯 걸음을 멈추고 다시 일어선다 좌판에 모자들은 찾아갈 주인을 기다리는 채 곱게 펼쳐져 있다

　오래된 얼굴은 거울에 비쳐 하얀 구름이 내려앉는다 어디에서 본 듯한 얼굴은 점점 파리해지면서 저항을 모른다 전단지에서 웃고 있는 얼굴들 누군가 휴지통에 버려 놓고 간 얼굴들 너는 그 얼굴들의 순한 마음을 읽고 싶고 얼굴은 자주 늙고 늦게 발견된다 너는 설탕이 든 마카롱을 얼굴 가까이에 갖다 대고 먹는다 한순간에 표정이 환해진다

　얼굴을 핥는 순서를 잊어버린 고양이가 자신의 발부터 핥는다 너는 얼굴의 행방을 몰라 전화기를 든다 선반 위로 올라간 고양이를 부를 때 너의 얼굴은 발갛게 상기되고 표정을 만들기 위해 입술을 모으고 휘파람을 분다 얼굴에 바

람이 분다 바람 소리에 깊어지는 얼굴들이 문밖으로 걸어
나간다

　탈출을 시도한 흔적 천사를 생각하는 날에는 가벼운 얼
굴 하나가 실패를 하고 날지 못하는 날개가 영영 돌아오지
않는다 골목에서 얼굴들이 모아진다 너는 집으로 돌아온 얼
굴에게 인사를 한다 안녕 모자를 벗으면 환해진 얼굴 모자
는 여러 얼굴을 빚어 낸다 돌아오지 않는 얼굴이 차차 희미
해지고 있다

돌아오는 길

비가 온다

나는 조금 더 차분해지길 바란다 무언가 생각하기 위해 산책하길 바란다 아침에 창문을 열었을 때 경쾌한 빗소리가 들리길 바란다 조금 더 창문을 열어 두고 우산을 챙기기를 바란다 문득 전화벨이 울리면 내 전화가 아니어도 친철히 말해 보길 바란다 화분에 물을 가득 주어 잎이 환해지길 바란다

그러나 하루도 어김없이 스마트폰의 화면은 깜박
무수한 일들이 생겨나고 사라지고
나는 이 방을 분홍색 벽지로 바꾸고 종종 선풍기를 틀어
바람을 다른 방향으로 바꾼다

벽지에 오랜 자국들이 희미해질 때면 어떤 기억들이 기쁨으로 남기를 바란다 같이 걸어 보기로 한다 언젠가 우리가 함께 웃을 날이 오지 않을까 오랜만에 당신에게 연락을 하고 잘 지내고 있는지 안부를 묻고 먹는 음식을 나누어 먹으며 삶에 대해 생각해 보기로 한다

오래전 정리하지 못한 편지들에게 아침이 오기로 한다

그때 그 마음을 느껴 보기로 한다
우리의 시간은 좋다고 말해 보기로 한다

나는 소리를 느끼면서
맑은 하늘과 흐르는 강과 바람이 지나가는 곳으로 걸어가고
다들 집으로 돌아오는 그 길은 차창에 얼굴을 기대고 있고

거기에 평화가 있기를 바라고

사물과 거울

　어떻게 하면 아름답게 말할 수 있을까요 아름답게 말하는 방법을 연구한 테드 씨는 그건 아주 쉽다고 말합니다 여기 땅에서는 화를 다루는 법을 배웁니다 액체로 의심되는 것들을 날려 버립니다 눈물이 쏟아질 땐 기체로 됩니다 허공을 의심하면 허공이 됩니다 허공의 두께와 질량은 마음으로 느낍니다 모든 외로움은 천사가 됩니다 설득은 어렵지만 이해는 쉽다는 방식으로 고개를 끄덕입니다 이야깃거리를 찾아서 매일 천사의 날개를 찾는 것을 멈추지 않습니다 둥근 자신의 머리가 가슴일 수 있다는 상상은 무척 흥미로운 일입니다 햇살이 내리는 창가에서 우유를 따릅니다 시리얼에 우유를 타서 먹고 자전거를 닦습니다 바퀴 안에서 가방을 발견하고 오늘도 가벼운 발걸음으로 집을 나섭니다 아이들은 골목에서 뛰어나오고 천사의 흰 날개가 젖는 날에는 오후 3시 날개를 펴서 말립니다 테드 씨가 다니는 길 골목 동사무소 건물 위에는 깃대가 펄럭입니다 바람의 역방향을 생각합니다 왜 깃발은 높은 곳에 있어야 할까요 바람이 불어옵니다 깃발이 깃발들 사이에서 펄럭입니다 깃발이 펄럭이고 깃발 옆으로 깃발들이 펄럭입니다 깃발의 내부는 가벼울까요 사라져 버린 것들이 현실이 됩니다 유모차를 끌고 노인이 걸어갑니다 느린 걸음은 가끔씩 하늘을 올려다봅니다 풍경

이 잠시 유보됩니다 붉은 자동차가 지나가고 빈 주차장에서
테드 씨는 차의 창문을 열어놓고 와이퍼를 세우고 자동차를
닦습니다 자신의 얼굴이 비친 자동차의 백미러를 닦습니다
입술을 모으고 입김을 불어 넣으며 백미러를 닦습니다 사물
은 거울보다 가까이에 있습니다

이별

나는 네가 모르는 사람이 되어 있으면 좋겠다

창밖에 세차게 내리는 빗방울
네 얼굴이라도 철썩 때렸으면
아니 그건 내 얼굴이었으면

우리는 살면서
왜 모르는 이별에 대해 쓰게 될까요
편지 하나를 들고 이별의 내력을 읽는다

눈이 아프다
하루 종일 밖을 내다보고 있다

어제 봤던 우체부 아저씨가
오늘도
우편함에 흰 봉투를 집어넣는다

저 봉투의 봉하는 부분을 거꾸로 넣지 말아 주세요
까치발을 하고 손을 우편함 깊숙이 집어넣고 빼다가
날카로운 입구에 손이 베였다

>

피가 묻은 봉투
봉투에 묻은 피가 보이지 않게 반으로 접는다
모르는 이름이 적혀 있다

이상하다 어제도 같은 이름의 우편물이 도착했다
나는 이름을 바꾸고
처음의 우리는 이름으로 얘기를 했고
가까워졌다가 멀어졌다가

빗방울은 우리의 얘기가 섞여 들리지 않을 때까지
굴러간다 미끄러지면서 흘러간다

너는 이른 겨울이 되고 싶었다고 말할 뻔했다
그러니까 사실은
우리 아무것도 들은 것이 없다고 말하고 싶어 하는 거지
빗방울은 바다 위 돛단배에 내리고 있다는 상상
첨벙

거룩한 말

"지금부터 듣기만 하세요"
누군가 나에게 명령을 줍니다

조금 차갑고 딱딱한 말
왜 부정어는 그 말이 쉽게 커질까요

지시할 때 어른은 아이 앞에서 양손을 허리에 올립니다
손바닥이 뒤로 가게

손바닥을 보여 주면 안 되는 이유를
알고 싶어요

손바닥은 네 앞에서 나의 복종을 보여 주는 거니까

어서 이리 와
주인의 손바닥은 아래에 있습니다

개가 움직이기 시작했습니다

길을 바라봅니다

당신은 가만 듣기만 합니다

나만의 천사를 내 마음에 두기로 한 날입니다
그로부터 정답게 말하는 법을 익혀야 해요

정다운 나의 개는
이제 내 손을 잡고 나의 얼굴을 핥는 듯

길은 두 갈래 나 있고
밥은 천천히 먹습니다

꽃은 저마다 피는 시기가 다르다

꽃이 있고 저 꽃이 있고 그 꽃이 있고 이 꽃이 있다 모든
이름은 꽃이다 왜일까요 꽃은 작약 장미 백합 솔이 되고 뿔
이 되고 여기에 이유란 없다

하나의 꽃이 피어나기까지
어지러운 세계가 문이 열린다

더는 없다고 생각하는 세계들이 사랑한다 안 한다 사랑
한다 안 한다 끝없이 파도처럼 밀려오며 어떤 꽃은 자신이
꽃인 줄 모른다 누가 부르지 않아도 꽃은 모과 사과 벚꽃
이 된다

꽃에 열매가 맺힌다는 거
추운 겨울인데 꽃이 죽지 않는다는 거

하루에도 피고 지고
오늘도
미래도

그곳에 있는

꽃은 항상 자신이 날이라고 생각해요

거리를 걷다가
네 옆에 열리고 있는 꽃은

문고리

목에 손이 갔다
단단해진 목을 돌려 풀고
고개를 갸우뚱하면 표정이 바뀐다
빈방의 문이 잠겨 있고
문고리는 돌려 보지 않아도 안다

빈방의 둘레는 가까스로 커진다
방을 쓰던 엄마의 물건들이 펼쳐 있고
먼지가 수북이 쌓여 있다

나는 차가운 문고리를 잡고
방에 불을 켠다
하나의 불빛에 둘의 심장이 이어지고
그다음은 순하고 어린 얼굴을 떠올리며
어머니가 쓰던 물건들을 차례로 닦고
창을 열어 바람이 저쪽에서 이쪽으로
지나가게 한다

나지막한 책상 위에는 유난히 깨끗한 일기장
깨끗한 마음으로 쓴 글자들

작은 마음이 서서히 커진다는 사실을 알아챘을 때

반짝이는 웃음은 그만 끝나 버렸다
텅 빈 방에서 창문 밖으로 자라나는 잎사귀
나는 남겨진 엄마의 글자에 이름을 붙이고
커튼을 열고 거울을 닦으며

마치 나의 심장이 다시 뛸 듯이
불러 본다
아무렇지 않게 시작하기
목에서 둥근 울음이 올라온다
꾹꾹 누르지 말고
오래된 방의 잠긴 문을 연다

터미널

소리가 있는 터미널
낯선 사람들이 의자에 나란히 밖을 보면서 앉아 있다
무엇을 기다리는지
다른 날 같은 의자에 앉아 있다
어제도 같은 모습으로 앉아 있다

모르는 사람들이 분주히 두 팔을 흔들고 걸어가고 있고
서로가 서로에게 무심한 듯 무표정한 얼굴들
나는 1층 로비 한가운데서 서 있다
무수한 사람들이 스쳐 지나가는 익명의 장소
누군가 지나가다 나를 부딪힐 수도 있는데
이상하게 그런 일이 없다

안 보는 것 같아도 보고 있다는 거
알아서 잘 비켜 간다
동물에게만 있는 전방 주시 능력

강릉행 바다를 생각하며 기차표를 끊을 때 바다는 여기
서부터 시작되지만
여기서 그곳까지는 거리가 멀고

그해 나는 혼자였다

이 도시의 터미널은 거대한 의자를 만들고
터미널 탑승장은 어둠의 출구 같았다
한 사람은 먼 곳으로 출장을 가는 듯
가방에 도시락을 깊숙이 찔러 넣는다
양손에 무거운 짐을 든 사람들이 차를 타고
사람들은 줄지어 서 있다

우리는 어디로 가는 것일까

오버랩

유리창을 깨트렸다

나는 나를 누르고
누르고 누르고 누르고 누르고

왜 참았니
그날 나는 아무것도 말할 수 없었다

말하면 안 된다고 누가 가르쳐 준 적도 없는데
말하면 안 된다고 누가 가르쳐 주었는데

모르는 손이 나의 심장을 누르고
모르는 말이 나의 입술을 닫고

찰흙으로 아무리 떼어 내고 뭉쳐도
내가 원하는 모양이 아닌데

어린 나는
큰방에서 빈방에서 혼자 울었다
왜 그 방에서 문을 열지 못했을까

>

밖에서는 그 문 안쪽에서 어떤 일이 벌어졌는지
모른다

눈물이 많다고
눈 밑에 점을 뺐던 날 울지 않을 거라는 약속은

벽은 울다가 몸을 기대면 차가웠다

지렁이

붉고 가는 몸으로
기어가는 지렁이

땅속에서 빗물이 차오르면
익사해서 죽는 지렁이
땅 위에서는 새들의 먹이가 되고

밟으면 꿈틀거린다
밟지 않아도 꿈틀거린다

내 발이 멈춰 섰다
지렁이도 멈춰 섰다

적이 나타난 것을 감지한 듯
죽은 듯 꼼짝 않는 지렁이

여기저기 흩어져 있는 지렁이를
나 혼자 보고 있다

잘린 몸으로 더 뻗어야지

붉은 주름이 한껏 움츠렸다 길게 기어간다

천천히 기어가는 지렁이
어제와 다르게 열심히 기어간다

아침에만 잠깐 보이는
해변에 나타난 수만 마리의 지렁이

빨강

뜨겁다

나는 열을 내고 싶지 않아

입술은 부드럽게 말하고 싶은데

나의 빨강 스웨터는 세탁을 하면 조금씩 줄었다

두 뺨은 석류처럼 빨갛고

팔은 분주하게 흔들어도 투명해지지 않는다

연필을 돌려 깎을 때마다 연필심이 부러지고

뜨겁다

나는 확대되고 싶지 않아

아침 햇살이 쏟아지는 꽃병에 물을 갈아 주었는데

>

물은 줄어들었다

나는 새 빨강 스웨터를 산다

나는 하얀 구름처럼 가볍게 나를 다독인다

이제 정리가 되니?

나도 모르는 말을 자꾸 내 심장 속으로 집어넣는다

어제보다 다른 오늘이 있고

오늘은 자꾸만 기울어지는 방식으로 끝이 난다

꽃은 피다

죽는 게 뭘까 떠오르는 생각은 혼자의 벽 누운 당신 왜 그
대 혼자일까요 같은 생각 우연히 비슷한 모양 나의 가족은
죽은 엄마 죽은 언니가 있고 무덤에 가면 나의 가족은 그날
한 번 또 죽는 사람이 된다 어제는 살아 있었고 그제도 살아
있었던 사람 한참이 지난 뒤에야 그날 묘비 옆에 심어 둔 꽃
이 생각났다 살아 있을까 아마 그 꽃은 죽었을 거야 그사이
비도 오고 바람도 불었다 내가 또다시 그곳을 들렀을 때 꽃
은 살아 있었다 땅속에서 뿌리가 빗물을 힘껏 빨아들여 노
란 꽃이 피었다 그가 땅을 파고 꽃을 심어 준 자리에서 뿌리
는 든든하게 꽃을 피웠다

흙이 물을 빨아들여 뿌리가 뻗어 가는데 그 아래 엄마가
있는데 아무것도 모르는 나는 땅 밖에서 무릎을 굽히고 허
리를 굽히고 고개를 숙이고 인사를 했다 노란 국화가 환하
게 피어 있었다 환하게 바람에 흔들리고 있었다

비가 오면 좋겠다 비가 오면 이렇게 물을 주지 않아도 되
잖아 혼잣말을 하고 일어서는데 하늘에서 구름이 모이더니
빗방울이 후두둑 절하는 나의 등 뒤에 떨어졌다 무덤 봉분
위 잔디는 물을 빨아들여 초록은 환하게 짙고 잔디에 하얀

물방울들이 맺히는데 땅속에서 쏙쏙 기어 나오는 여러 곤충들이 빠르게 기어간다

갈 때마다 몇 마리씩 보이는 곤충들을 사정없이 밟았다 저것들이 땅속으로 들어가 죽은 엄마를 뜯어 먹으면 어떡하지 노심초사하면서 으깨고 부수고 잘랐다 점점 더 세게 으깨고 부수고 잘랐는데 땅속에서 또 올라오는 것이다 부수고 으깨고 잘린 곤충은 영혼이 없이 껍데기만 바싹 말라 죽어 있었다 곤충이 죽은 자리에 다른 곤충들은 계속해서 땅속에서 올라오고 있었다

그것은 마치 당신이 밟은 자리에 우리는 나도 모르게 죽어 갑니다 그렇게 말하는 것 같았다 어느새 해는 뉘엿뉘엿 넘어가고 있고 슬픔이 너무 환한 무덤가에 앉아 이제 늦은 것 같다며 일어서려고 하자 땅 위에 있는 곤충들이 모두 땅속으로 들어가고 한 마리도 보이지 않았다 그 자리에 굵고 긴 지렁이 한 마리가 미끄러지듯 꿈틀대며 나타났다

에이 징그러워 아무리 예쁘게 보려 해도 징그럽잖아 미끈거리는 몸통을 사정없이 밟아 자르고 부수고 지렁이는 아

무렇지 않은 듯 흙 속에서 자라고 있었다 "왜 지렁이들이 비가 오면 밖으로 나오는 줄 알아?" 그가 말했다 "비가 오면 땅속으로 물이 들어가고 지렁이들이 숨을 못 쉬니까 밖으로 나오는 거래" 맑은 흙을 덮으며 그는 자리에서 툭툭 털며 일어섰다

비가 오면 좋겠다 나의 혼잣말은 지렁이에게도 들렸을까 그 바람에 지렁이는 세상 밖으로 나왔다

해 설

사라져 가는 순간을 회감한다

김응교(시인, 문학평론가, 숙명여대 교수)

회감의 서정시

단순히 과거의 기억을 다시 떠올리게 하면 좋은 시일까. 좋은 시는 단지 돌아보게 하는 데서 끝나지 않는다. 좋은 시는 서정의 원천인 과거의 순간을 현재의 울림으로 반복해 살린다. 사라져 버린 과거의 순간을 함께 공유하는 독자의 상상력은 그 정서에 융기隆起된다. 시가 말하는 순간과 독자가 공감하는 순간, 시의 사건과 독자의 깨달음 사이에 거리가 소멸된다. 바로 이 순간 시인의 개인적 체험은 서정적 공감을 얻는다. 회감에 빠진 독자는 회감에 빠진 시인이 제시하는 서정적 과거에 물아일체物我一體 된다.

이런 서정적 순간을 스위스 문예학자 에밀 슈타이거 (Emil Staiger, 1908~1987)는 회감(回感, Erinnerung)이라고 했다. 슈타이거는 1946년에 낸 『시학의 근본개념』(번역본, 삼중당, 1978. 88면)에서, 서정적 회감이란 바로 "주체와 객체 사이의 거리가 존재하지 않는 서정적 상호 융합의 상태"라고 설명했다. 서정적 회감을 단순한 메모리나 기억 혹은 회상으로 번역할 수 없다. 잊었는 줄 알았는데 아직도 무의식에 남아 있는 희미한 기억을('회감'), 끊임없이 반복[回]해서 떠오르는 느낌[感]을 좋은 시는 독자에게 선사한다.

아득했던 표정과 눈동자가 내 머릿속에서 테이프가 되
감기는 것처럼 무한 반복되었다는 이야기
—「머릿속의 사건」 부분

테이프가 되감기는 것처럼 무한 반복되는 이야기, 이 시집에 내장된 기교의 엔진을 보여 주는 구절이다. 좋은 시는 그 반복이 한 번에 끝나지 않고, 쉬지 않고 울리는 북처럼, 쉬지 않고 흐르는 시냇물처럼, 독자의 가슴속에서 서정적 호흡으로 반복해서 살아난다. 무한 반복해서 되감기며 흐른다.

사라진다고 죽는 것은 아니다

　장주희 시인의 첫 시집에서 돋보이는 시적 장치는 바로
이 회감이다. 그 회감은 과거의 순간을 현재에 되살려 반
복하여 성찰하게 한다. 1, 2, 3부에는 시인이 경험한 다양
한 순간들이 나타난다.

　사라지는 것들은 힘이 없고 볼품없다. 아파트 단지에
버려진 의자를 보면서도 시인의 시각은 새로운 가능성을
본다. 부러진 다리 하나 때문에 의자를 버리지만 시인은
남아 있는 세 다리에서 가능성을 보기도 한다. "하얀 비닐
로 의자의 다리를 꼭꼭" 싸매고, "넘어질 것을 알면서도
부러진 다리를 끝내 버리지 못"(「직립의 시간」)하는 이는 경비
원이면서도 시인의 마음일 것이다.

　불안한 광경을 과장하지 않는 눈길로 본다. 「한 번은 이
상한 내가 되고」에서 화자는 영국 런던의 날씨를 얘기하다
가 랩을 "자를 때" 혀와 어금니 이빨을 이용하는 언니 얘기
를 하다가 "그렇게 습관은 자신도 모르게 우리를 다른 곳
으로 가게 했다"며 전혀 다른 몽상으로 들어간다. 제삿날
흰 닭을 닭장에서 꺼내 목을 따는 장면이 펼쳐진다. 이런
몽상은 "자를 때"라는 동사에서 시작됐을 것이다. 붉은 피
가 철철 흐르는 목만 반쯤 붙어 덜렁거리는 닭을 보다가.
"그날 나의 목도 나란히 잘라졌는데 바닥에 뽑힌 털들이
흩어져 있고 피는 흐르면서 번지다가 번지다가 가득 쓰러
진 슬픔이" 되었다는 낯선 몽상에 들어간다. 목 잘린 닭처

159

럼, 나의 목도 나란히 잘라진 것이다. 유년 시절의 공포를 그대로 되살려 놓는 서정적 회감의 순간이다.

유년 시절은 "둑이 터져 물이 들어오고 있"는 「홍수」의 현장에서도 보인다. 불어난 물에 따라 어린 나는 "얕고 낮은 물처럼 멈추지 않고 자꾸 흘러가" 불안하기만 하다. 마을의 개가 물 위로 머리만 내밀고 떠내려가고, 나의 발은 물속에서 노를 젓듯 가까스로 움직인다.

물이 흘러넘치는 일은 여기에 없어야 한다고 생각한다

거대한 물은 빠르게 불어났다
불어난 물은 끝없이 세계를 적셔 댔고
그 길로 돌아오지 않은 사람들이 있다
슬레이트 지붕 위로 계속 계속 쏟아지는 빗물이 있다
—「홍수」 부분

불어난 물은 끝없이 세계를 적셔 대고, 시인은 "그 길로 돌아오지 않은 사람들"을 기억하며 사라지는 사람들을 기억해 낸다. 시인의 마음에는 사라지는 것들에 대한 마음이 과장 없이 이어진다.

삼십 대 초반에 시인은 언니의 죽음을 경험한다. "혼자라고 생각했을 겁니다/ 나는 목 놓아 울었"(「갑자기 생긴 일」) 던 슬픔도 있었다. 시인은 가끔 엄마와 아빠 이야기를 한

다. 화자가 "기억하는 건 엄마의 혼잣말"(「머릿속의 사건」)이
다. 엄마의 삶, "조금 무거울지도 모"를 이야기들을 풀어
낸다.

돌아가신 어머니의 무덤 위에서 어린 새가 논다. 「어버
이날」은 마치 한 편의 피아노 연주를 듣는 것 같은 정조를
준다. 화자 '나'는 부리로 날개를 긁으며 몸을 동그랗게 마
는 새의 풍경을 엄마의 무덤에서 본다. 이후 6연에는 과거
로 돌아가며 회감의 공간이 아주 짧고 단아하게 제시된다.

　　　비록 지난날이지만 엄마와 싸우던 날들이
　　　전화를 걸지 못한 밤이 지나간다

　　　바람은 고요 속에서 점점 불어와 사방에 퍼져 있고
　　　절을 하고 일어서면 무릎 아래 납작하게 버틴 풀들이
　　반짝인다

　　　엄마는 돌아가시고 나는 살아 있어

　　　몸의 깊은 곳에서 들려오는 소리를 듣는다
　　　꿈속에서도 엄마는 나를 보고 웃는다
　　　햇살은 감고 있던 붉은 외투를 걸어 두었다
　　　　　　　　　　　　　　　　　　　—「어버이날」 부분

161

몸의 깊은 곳에서 소리가 들린다. 그 소리는 꿈속에서 웃는 엄마의 웃음소리와 연동된다. "울지 마라// 떠나기 전 한 줄 쓴 엄마"(「마지막 편지」)는 이제 조금씩 엄마를 닮아 가는 시인의 마음속에서 웃는다. 몸속에서 나는 엄마의 웃음소리는 이 시와 같은 회감에 빠진 독자의 마음을 건드린다.

반복되는 풍경의 변화 속에서 시인은 사라지는 것들에 주목한다. 그저 주목하는 행위를 넘어 사라지는 것들에게 따스한 마음을 남긴다. "나는 누구지 여기는 어디지"(「나는 하늘에 어떤 구름이 있는지 몰라」) 성찰하면서 "사라지는 것들을 보고 기억해/ 너에게 구름을 주고 싶어"라는 따스한 마음을 담는다. "그녀는 어디로 사라졌을까"라고 물으면서 "소녀의 둑은 맨 끝에서 따뜻해지기 시작한다"(「열차」)라고 따스한 온도를 전한다.

「누워 있는 개」에는 "논두렁 가장자리에 쓸쓸하게 누워", "끝내 몸을 가누지 못하고 쓰려져 죽은 것 같"은 개의 죽음이 흑백사진처럼 담겨 있다. 이 시에서 주목되는 구절은 "목마름에 물을 먹으려고 그곳까지 왔다가"라는 구절이다. 어둠처럼 누워 있는 한 마리 개는 마지막까지 절실하게 물을 찾다가 쓰려져 죽는다. 여기에 사람이라는 단어는 없으나, 누워 있는 개는 인간의 마지막에 대한 실존적 비유로도 읽힌다.

이 지상에서 사라지는 순간을 죽음이라고 한다. 시인은 죽음을 관조하며 반대로 살아 있는 시간의 순간을 묻기도 한다. 때로는 몽상이나 판타지의 지경에 들어가 낯선 환경으로 독자를 이끌어 간다.

제4부 '새벽에 들은 얘기'에는 이 시집이 감추고 있는 그늘의 이면이 조금 드러난다. 1,2,3부를 읽을 때 어딘가 짙게 깔린 그림자를 느끼는데 그 배후에 어떤 일이 있었는지, 4부를 읽으면 짐작할 수 있다. 사라지는 것들에 대한 슬픔은 신문사 편집국장으로 평생 일해 온 아버지를 회상할 때도 나온다.

"아버지는 글을 쓸 때 어느 누구의 힘보다 강하다고 믿었"(『기자의 나라』)던 기자였다. 글을 쓸 때 누구보다도 강하다고 믿었던 기자들은 신문 보도를 검열받는 1980년대에 누구보다도 무력한 지경에 빠진다. 거짓 앞에서 기자들은 아무것도 할 수 없었다. 대표적인 검열은 '보도 지침報道指針' 사건이다. 1985년 《한국일보》 김주언 기자가 《말》지에 폭로하면서 보이지 않는 폭압의 어둠이 드러났다. 기자였던 아버지는 극도로 억압됐고, 집으로 돌아온 아버지에게 가족들은 그 억압을 함께 느낄 수밖에 없었다.

해가 올라온다
추워도 올라오고 더워도 올라오고

집 안에는 큰 소리가 나고
밖은 조용했다

163

그것이 무엇인지 무엇 때문인지

알 수 없는

소리는 우리를 모두 삼켰다

해가 올라온다

안에도 올라오고 밖에도 올라오고

가방을 들고 학교를 갔다

선생님은 우리에게

대한 사람 대한으로 우리나라 만세

노래를 가르쳐 주었다

—「검열」 전문

    해가 뜨거운 것은 일기예보만이 아닐 것이다. 이 시는
두 가지 공간 이야기가 나온다. 1연에서 "해가 올라온다"
며 집에서 벌어지는 이야기가 나오고, 4연에서는 "해가 올
라온다"며 학교에서 벌어지는 이야기가 나온다.

    시의 배경에는 수많은 시민이 학살당했던 1980년 벽두
5·18 광주민주화항쟁과 이후에 벌어진 보도 통제 사건
이 있다. 이 비극은 한국 사회와 가족과 개인까지도 뜨겁
게 달구고 지졌다. 5·18 광주민주화항쟁을 전두환 체제
는 보도 통제했고, 계엄사의 언론 통제와 검열을 뚫고 진

실을 알리려는 많은 기자들이 감금, 해직, 고문, 연행을 겪어야 했다.

유신 체제 아래 언론 통폐합 동화통신사 편집국장였던 아버지는 신군부에 의해 탄압과 고통을 겪는다. 온 가족을 자상하게 대하던 아버지는 극도로 긴장하는 아버지로 바뀌었다. 언제 어디로 끌려갈지 모르는 상황에서, 아버지는 가족과 함께 있어도 평안을 찾을 수 없다. 아니 가족에게 혹시 좋지 않은 일이 있을까 하여 극도로 경계할 수밖에 없었다. 자식들이 밤늦게 들어오면 혹시라도 무슨 일이 있을까, 반대로 아버지가 처한 상황을 이해하지 못하는 자식들은 긴장하여 "집 안에는 큰 소리가 나고/ 밖은 조용"(「검열」)하다.

이 시에는 유년기 화자가 도저히 이해할 수 없는 이항 대립의 세계가 보인다. 첫째 "집 안에서 큰 소리가" 나는데, "밖은 조용"한 전혀 다른 세계가 화자에게는 낯설기만 했을 것이다. 둘째, 언론을 감시하는 검열 국가에서 국민들이 억압을 받는데, 학교에서는 선생님이 "대한 사람 대한으로 우리나라 만세"를 가르친다.

"사람들이 끌려갔어. 고문을 한대. 신군부가 언론을 통제하고 있어./ 당분간 집에 돌아오지 못해"(「새벽에 들은 얘기」)라며 아버지는 다만 "너희들은 모른다"고 한다. 가족은 "죄지은 사람처럼 모두 무릎을 꿇어야 했"던 삶을 살아야 했다.

「검열」은 사회적 폭력이 아버지에게 육체화되고 가족에

165

게 트라우마로 남겨진 사건을 담은 시다. 아버지는 위험한 상황에 이르지 않도록 이후에도 자식들에게 기억을 지우려 했다. 아버지 자신에게서 고통의 기억을 지우려는 노력이기도 했을 터이다. 굴종적인 기자 생활을 마치고 상실감에 치매를 앓으시는 아버지와 대화하는 장면에서 최고조로 오른다.

> 아버지 지금 어디에 계셔요
> 회사 출근했지
>
> 아버지 오늘은 아버지 생신날이에요
> ……

―「변곡점」 부분

좀체 말수가 적은 아버지는 8년 동안 요양원에서 지낸다. 자유 언론을 위해 살아온 아버지는 아직도 "회사 출근했지"(「변곡점」)라고 답한다. 제목인 변곡점(變曲點, Point of Inflection)은 지금까지 진행됐던 주된 흐름이 바뀌는 전환점을 말한다. "아버지 오늘은 아버지 생신날이에요"라고 두 번 말하는 이 면회의 순간이 아버지에게 변곡점이 될 수 있을지, 화자는 안타깝기만 하다. 이 시에는 노인의 시간 이전에 역사적 아픔이라는 배경이 있기에 더욱 쓰리다. 시인은 "햇살은 감고 있던 붉은 외투를 걸어 두"(「어버이날」)는 황

혼의 시간을 차분히 주목한다.

락앤락의 극적인 일상

시인은 너무도 사사로운 순간을 놓치지 않고 주목한다. 열차 안에서 모르는 사람이 들고 있는 긴 우산이 내 무릎을 콕콕 찌르는「우산의 시대」, 다리 위로 지나가는 열차와 여름 강둑으로 뛰어가는 소녀가 나오는「열차」등, 시인은 먼저 등장인물이 존재하는 삶의 정황(Sitz im Leben)을 보여 주고, 이어서 판타지에 들어가거나 서정적 울림을 선사하는 의장儀狀을 갖추고 있다.

하나의 사건을 전하는 방법으로 시인은 극적인 대화체를 택한다.

들어갈 수 있어요?
여자는 대답한다

미리 약속은 하고 오셨나요?
한 남자가 다시 묻자

　　　　　　　　　　　　　—「걷고 있는 사람」부분

이 시집에는 연극적인 효과를 노리는 짧은 대화체가 도

처에 깔려 있다. 그 대화는 모든 것을 설명하지 않는다. 깜깜한 어둠 속에서 한 여자가 왜 울며 걸어가는지 이유를 설명하지 않는다. 시에 나오는 짧은 대화들은 시적 상황을 상상하도록 '넌지시' 언급할 뿐이다.

이 시집에서 한 편을 추천하라면 「락앤락」을 들고 싶다. 세상의 변화를 보며 성실하게 묘사하면서 인생을 빗대어 성찰한다. 대표적인 시로 냉장고 안에 넣는 반찬통을 묵상한 시를 들 수 있겠다.

안에 있는 것을 꺼내 밖으로 내놓는 시간이 있다

밖은 어둠의 반대편
안에 무엇이 담겨 있는지 꽝꽝 얼어붙어 알 수가 없다

냉장고 문을 열었다
아래 한 칸을 빼면 나의 발등 위로 와르르 떨어지고
그것이 얼음이라니
수없이 발등을 찍는다

괜찮니?
물어보는 사람은 떨어진 용기를 잡는다

모든 용기는 안에서 시작했고

문을 닫고 있으면 내가 잘 안 보였다

밖에 놓인 용기가 누구의 것이었는지
안에 있는 용기와 나는 하나가 되어 버렸다

혼자 얼어붙어 있다가 매번 혼자 녹아내리다가
흘러내리는 여름이 될 뻔했던 순간

용기의 날개는 햇살이 내리는 오후 부드럽게 움직인다
투명한 날개는 정말로 풀린 걸까

창문을 열면 바람 냄새가 내 품 안 가득 들어오고
나는 가뿐해진 몸으로 최대치 넓은 새 용기를 사러 나
간다

—「락앤락」 전문

이 시는 전문을 인용해야 공감이 가능하다. 락앤락
LocknLock은 1978년에 설립된 한국 기업 주식회사 락앤
락에서 만드는 식품 보관 용기를 말한다. 우리는 밥이며,
김치며, 온갖 반찬을 락앤락에 넣고 냉장고 안에 넣어 보
관한다. 1998년부터 개발 판매되어 전 세계 120여 개국에
수출되는 4면 결착 주방 용기, 락앤락을 시인은 인간의 내
면에 비유한다.

시의 첫 구절 "안에 있는 것을 꺼내 밖으로 내놓는 시간이 있다"는 락앤락의 특성뿐만 아니라, 가끔 내면 안을 드러내는 사람 심리의 특성이기도 하다. 시의 후반부에서는 화자 자신의 모습이 살짝 드러난다. "밖은 어둠의 반대편/안에 무엇이 담겨 있는지 꽝꽝 얼어붙어 알 수가 없다"는 문장은 락앤락의 특성을 설명하는 듯하지만, 후반부를 읽고 다시 읽으면 화자 혹은 인간 내면에 대한 분석이란 것을 알 수 있다.

인간이 외면에 보여 주는 페르소나Persona는 어둠의 반대편이고 늘 환하고 단단한 모습이다. 인간의 내면 그 그림자(Shadow)는 "안에 무엇이 담겨 있는지 꽝꽝 얼어붙어 알 수가 없"는 지경이다. 인간의 무의식 안에는 트라우마, 콤플렉스, 장애(anstoss), 슬픔, 설움 등으로 꽁꽁 얼어붙어 있기도 하다. 인간이 품고 있는 트라우마는 무의식의 가장 깊은 곳에 또아리 틀고 숨어 있다가 의식이 곤하여 약해지는 결정적인 순간에 송곳처럼 솟아 나와 일상에 상처를 주곤 한다.

얼어붙어 돌덩이처럼 굳어 버린 락앤락이 떨어져 발등에 상처를 주듯, 상처받아 얼어붙은 인간의 마음은 누군가의 발등에 떨어져 또 다른 상처를 일으킨다. 발등에 아픔을 느낀 시인은 그 순간 락앤락이 자신의 운명과 다르지 않다는 것을 깨닫는다. 그래서 "안에 있는 용기와 나는 하나가 되어 버렸다"고 토로한다.

화자의 일상은 락앤락과 비슷하다. "혼자 얼어붙어 있

다가 매번 혼자 녹아내리"기를 반복한다. 사람들은 꽁꽁 얼어 참고 참으면서 지내다가 또 녹아 풀어지기를 반복하지 않는가.

이후 느닷없는 판타지가 펼쳐진다. 락앤락에 날개가 달린다는 몽상이다. "용기의 날개는 햇살이 내리는 오후 부드럽게 움직인다/ 투명한 날개는 정말로 풀린 걸까"라는 화자는 춤추며 날아오르는 판타지를 꿈꾼다. 락앤락이라는 사물에 전혀 새로운 탈출과 해방을 투입하면서, 전혀 새로운 낯설게 하기(Defamiliarization)를 시도한 부분이다. 꽁꽁 얼어 있는 좁은 락앤락 같은 일상에서 탈피하고 싶은 화자는 "가뿐해진 몸으로 최대치 넓은 새 용기를 사러" 밖으로 나간다. 일탈을 시도하는 시인의 정동에 공감한 독자는 시가 담고 있는 순간과 융화融化된다.

락앤락과 비슷한 우리의 운명은 갇힌 일상에서 쉽게 완전히 탈출하지는 못한다. 다만 가능한 "최대치 넓은 새 용기"로 살기 위해 새로운 일탈을 감행할 뿐이다. 바로 이 지점에서 이 시의 제목 '락앤락'이 다시 읽힌다. '닫고(Lock) 또 닫는다'는 제목은 마지막 구절을 읽고 나면 '락앤락Rock and Rock'으로 읽힌다. 로큰롤(Rock' n' roll)처럼 즐겁고 밝은 세계를 지향하는 의도로 바뀌어 읽히는 것이다. 혹은 즐거울 락樂을 써서 락앤락樂 and 樂으로 읽히기도 한다. 이제야 이 시의 제목을 영어가 아닌 한글로 쓴 이유를 깨닫는다. 이 제목은 닫혀 있는 삶에서 춤추고 싶은 적극적 삶을 겨냥하는 시인의 잘 보여 준다.

이 시집에는 꽃이라는 단어가 41번 나온다. "내가 도착하고 싶은 곳은 오늘도 꽃이 피고 있다"(「그늘」)라며 기대감을 상징하기도 한다. "꽃말은 꽃의 밖에 있을까 꽃 안에 있을까" "꽃은 저마다 피는 시기가 다르다"(「연습의 효과」) 반대로 시드는 시기도 각기 다르다며 존재를 묻기도 한다. 어머니가 돌아가실 때는 "창문 밖 멀어지는 꽃 지는 소리"(「마지막 편지」)가 들린다. 아버지가 언론 검열의 통제 아래에서 고난을 당할 때 "붉은 샐비어 꽃잎은 떨"(「새벽에 들은 얘기」)어진다. 시인이 꽃을 회감시키는 이유는 명확히 나온다.

꽃에 열매가 맺힌다는 거
추운 겨울인데 꽃이 죽지 않는다는 거

하루에도 피고 지고
오늘도
미래도

그곳에 있는
꽃은 항상 자신이 날이라고 생각해요
　　　　―「꽃은 저마다 피는 시기가 다르다」 부분

샐비어 꽃잎, 작약, 장미, 백합이 나오기는 하지만, 대부분 꽃 이름은 등장하지 않고, 그저 꽃이라는 단어만 나온다. 고흐가 해바라기를 그렸듯이 꽃이야말로 태어나고 성장하고 시들어 말라 가는 인간 실존의 상징이다. 시인이 말하는 꽃은 열매를 맺고, 추운 겨울에도 죽지 않고, 오늘 미래 가리지 않고 영원하며, 항상 자신의 날을 선포한다. 사라지는 하찮은 것처럼 보이지만 실상은 다르다. 묘지 옆에 심어 둔 꽃도 죽은 것 같지만 그 "꽃은 살아 있었다"(「꽃은 피다」). 꽃이야말로 시인이 꿈꾸는 존재 유형이다.

넌지시 전하는 시혼무한

연극 배우들이 등장하듯 대화하는 작품도 있고, 아포리즘과 시를 합쳐 놓은 특이한 구성(「하나의 문장」)의 작품이 있다. 핵심을 잡아 내면서 다시 읽게 만드는 아포리즘 문장은 읽는 이에게 성찰을 자극한다. 응축된 서정미를 주는 시적 문장은 멈칫하여 다시 읽게 만든다. 두세 가지 속성이 어울려 특이한 정서를 전한다. 실험적인 이런 시도는 독자에게 지적이며 서정적인 울림을 줄 것이다.

장주희 시인의 시는 독자를 회감의 순간으로 안내하기 때문에 많은 시가 이야기를 품고 있다. 이야기를 풀어내는 방법은 소설도 아니고 시도 아니며 독특하며 때로는 은근히 재미있다. "나 혼자 얘기하고 혼자 웃"(「혼잣말」)는 시인의 모습이 시의 이면에 실루엣처럼 가끔 보인다. 시인은 과거의 순간을 쉽게 가치 평가하지 않는다. 시인은 엄밀히 가치 평가와 거리를 두고 그 회감의 순간만을 독자에게 '넌지시' 전한다.

방금 '넌지시'라고 했는데, 이 단어가 장주희 시인을 표현하는 부사처럼 보인다. 장주희 시인을 만나면 상대방의 의견을 구하듯 '넌지시' 묻는다. 그야말로 이 시집은 사물과 세상을 보며 넌지시 그 깊이의 시혼무한詩魂無限을 전하는 넌지시詩가 아닌가. 넌지시 전하려는 세계는 등단작 「코끼리 발자국」에 살짝 암시돼 있다.

어둠은 길고 어깨는 넓습니다

더는 코끼리가 아프리카

기대면 추락의 위험이 있습니다
회색의 엘리베이터 문이 닫히면서
코끼리는 밤을 서성이듯 자신의 육중한 몸을 거꾸로
벌려 넣습니다

덜컹 흔들리다가 떨어지는 발자국들
그곳에 없는 발자국이 나타납니다
　　　　　　　　　　　　　　　—「코끼리 발자국」 부분

"코끼리가 나와 함께 걸어 나갈 때"라며 무거운 인생살

이와 함께해 온 시인이다. 어둠이 길고 어깨는 넓어서 상
승하는 엘리베이터에 들어가지도 못한다. 게다가 엘리베
이터는 바닥이 있는지 없는지, 위험할 뿐이다. "더는 코끼
리가 아프리카"라는 말은 더는 코끼리가 아프지 않기를,
혹은 더는 코끼리가 아프리카에서 자유롭기를, 작은 말
장난에는 자유를 향한 의미가 응축돼 있다. 이 코끼리는
4부에서는 "천천히 기어가는 지렁이/ 어제와 다르게 열심
히 기어"(「지렁이」)가는 지렁이도 등장한다. 그 지렁이는 이
제 나 개인만의 모습이 아니라 "수만 마리의 지렁이"로 확
장된다.

　장주희 시인과 함께 백석, 윤동주, 김수영 시인의 시
를 공부한 적이 있다. 함께 김수영문학관과 시비에 다녀
온 적도 있다. 분명 함께 다녀왔는데, 같이 갔었나 싶어
사진을 확인해 본 적도 있다. 너무도 조용하여 있는지 없
는지, 함께 있으면서도 없는 듯, 그러면서도 항상 곁에 있
는 그런 시인이다. 시집을 다 읽고 나서야 나는 장 시인의
허허로운 침묵과 은은한 미소를 이해하기에 이르렀다. 시
인의 시집에 드리운 시대의 아픔, 일찍 사망한 언니, 엄
마와 아빠에 대한 아픔과 그리움 등은 세상을 넌지시 관
조하게 한다. 슬픔을 겪고 견디며 살아간다는 것은 쉽지
않은 일이다.
　시인의 먼 눈길과 마음에서 사라져 가는 작은 것들을 향
한 시심을 본다. 이제까지 시인은 코끼리처럼 무겁게 살

아왔다. 이제 그 무게를 털어 내고 즐거운 락앤락의 세계로 향하는 시를 발표하시리라. 시인의 영혼에 가득 차올라 다시 살려 낸 과거의 순간을 만난다면, 어떤 누구라도 아련하고 따스한 회감의 순간, 견디며 살아가는 일이 얼마나 소중한지, 천천히 나지막히 공감하시리라.